La Pelirroja y el Poeta Rebelde

La Pelirroja y el Poeta Rebelde

José Talleyrand Rodríguez

CONTENIDO

Por todas partes el hombre mismo
es el estorbo peor para su destino.

Luis Cernuda

Tu suerte quiso estar partida,
mitad verdad, mitad mentira

León Gieco

LA PELIRROJA Y EL POETA REBELDE

A Roque Dalton

Te mueves rápidamente. No te gusta que te miren porque tarde o temprano se pueden dar cuenta que eres de la Secreta. Mejor no ser nadie y perderse dentro de la multitud. Nadie necesita saber que estás buscando al Poeta y la Pelirroja. El bar donde has entrado, La Pollera Colorá, es un tugurio de mala muerte localizado en una zona aislada de la ciudad. Un lugar donde se suelen juntar tus enemigos, gente "insignificante" y simpatizantes del comunismo.

En el salón principal, a tu derecha, hay una mesa con un viejo y un par de muchachos tomando cerveza. Cuchichean sobre las falsedades del neoliberalismo y la necesidad de crear un nuevo orden internacional. Una mujer y un hombre discuten las virtudes de las películas de Quentin Tarantino en una mesa a tu izquierda. Reservoir Dogs y Kill Bill redefinen la estética de la violencia en el mundo postmoderno. Te encanta lo que dicen. Así, la pistola bajo tu chaqueta, una Glock-17, no es un arma de reglamento, sino más bien un instrumento que te permite establecer tu discurso en la sociedad.

Tres estudiantes van saliendo y te pasan por el lado alabando al merengue tradicional sobre el reguetón. Una información que a ti no te sirve de nada, pues tú ni bailas, ni te culeas. El cantinero del bar se distrae limpiando unos vasos, mientras que el mesonero acaba de colocar una moneda en el CD player. Tu mente no se detiene a esperar por la música. Al fondo del establecimiento, en la penumbra, se ve la puerta del cuarto donde dicen que se juntan miembros y simpatizantes de una célula de la guerrilla urbana. No hay signos del Poeta o la Pelirroja. Desde el CD player, José Alfredo Jiménez canta El Rey proclamando que no siempre hay que llegar primero, pero hay que saber llegar. Sonríes. Decides entrar en acción. Te sientas en una mesa, pides una cerveza y haces una pregunta simple:

> - ¿Ha estado Damián Arrizabalaga por aquí hoy?

El mesonero te mira de reojo antes de contestar a tu pregunta. Tu cara de niño bueno sonriente no inspira desconfianza, aun así, te miente.

> - No, no he visto al Poeta hoy.

A Damián Arrizabalaga tú lo conociste en la Universidad, cuando intentabas sin éxito estudiar derecho y él era el alma del Centro de Estudiantes. Cautivaba al hablar. Ya para aquel entonces había publicado dos o tres libros de poesía. Mucho te burlaste el día que te trajo un poema de Gabriel Celaya y te dijo que la poesía era un arma cargada de futuro. Aun siendo un niño de papa siempre estuvo muy comprometido con la causa de la izquierda. Volvía a las mujeres locas y por cuestiones políticas o eróticas le fascinaban las pelirrojas.

Después de tu fracaso en la Universidad, los estudios de derecho no progresaron bien, perdiste contacto con él. Desencantado te uniste a la Policía Secreta del régimen, donde nunca te pidieron explicaciones de tu mediocridad o mala suerte, y pudiste aprovechar tu habilidad inusitada en el manejo de armas de fuego. Dicen que Arrizabalaga se fue a las montañas donde trabajó con grupos de la guerrilla y de allí volvió con la Pelirroja. Un ser mítico cuya inspiración mantenía viva a la guerrilla urbana. Para el pueblo común, la Pelirroja era una líder guerrillera que por amor al Poeta se tiño el pelo de rojo convirtiéndose en la encarnación de sus ideales políticos. Su musa y su fusil. Según algunos grupos de inteligencia en la policía, la Pelirroja era simplemente una invención literaria, un mito propagandístico creado por la mente brillante de Damián Arrizabalaga. Era imposible de creer que todo agente o soldado que la viera terminara muerto. Tal poder en una mujer real era inconcebible. Desde las altas esferas del gobierno se ordenó la captura del Poeta y la destrucción del mito de la Pelirroja.

Los símbolos de la izquierda, como los santos milagros de la Iglesia, no son fáciles de encontrar. Uno de tus mejores soplones te pasó el dato de que a Damián Arrizabalaga lo habían visto en este bar. Venía siempre sólo, nada se sabía de la Pelirroja. ¿Tal mujer de verdad existía? Decidiste venir a buscar información y aquí estás. Lentamente te tomas tu cerveza. La conversación del hombre y la mujer sentados a tu izquierda ha evolucionado, y tras hablar de Quentin Tarantino, él ha pasado a tratar de enamorarla. Ella lo rechaza con una sonrisa. La mujer te trae a la mente una vieja canción ranchera: es bonita de pies a cabeza, pelo negro de saña rizada, cara blanca con un pequeño lunar, y como no, enamora su dulce mirada. Lástima que el cine no sea tu línea de trabajo. El viejo y los dos muchachos que están a tu derecha han empezado a reñir acaloradamente. El viejo se exaspera y sube la voz más de lo debido.

> - El problema de los grupos de izquierda en este país es que cada quién tiene sus ideas y hace lo que le da la gana. Los de derecha tienen una manera bien definida de joderlo a uno, mientras que en la izquierda hay mil maneras distintas de salvar al mundo … ¡Así no podemos avanzar! Esta vaina no puede seguir así.

Los dos muchachos logran que baje la voz. Los comentarios del viejo no son noticia nueva, pero ahora ya sabes en donde enfocar tu atención. El viejo te recuerda a alguien. Esa cara la has visto en algún lado, aunque quizás con un mostacho o una barba que ya no tiene. Por un rato no pasa nada. El mesonero pone otra canción en el CD player. Jorge Negrete te dice que va a cantar un corrido muy mentado, la triste historia de un ranchero que era valiente y arriesgado en el amor, Juan se llamaba y lo apodaban Charrasqueado. Sonriendo, te preguntas en que mundo y década vive el mesonero. En la era del reguetón, ¡que gustos tiene el hombre!

Inesperadamente, el viejo y uno de los muchachos se levantan. Caminan hacia el cuarto localizado al fondo del bar. Están en la penumbra, pero es claro que Damián Arrizabalaga ha abierto la puerta y los ha dejado entrar al cuarto. ¡Bingo! El dato que te dio tu soplón era correcto. El Poeta está aquí y el viejo probablemente sea un antiguo comandante de la guerrilla.

Te felicitas por tu hallazgo. Vas a impresionar a los jefes en la Policía Secreta. Empiezas a planear el arresto de los dos líderes izquierdistas, detalles y más detalles, pero en cuestión de segundos todo cambia. En el cuarto del fondo se oye una serie de disparos. ¡Gritos! El muchacho que se quedó en la mesa a tu derecha saca una pistola ametralladora de no se sabe dónde y soltando al techo una ráfaga de balas ordena que nadie se mueva. Pandemónium … ¡Esto no lo vistes venir! La muerte ronda en el bar y tú no tienes ninguna idea de por dónde va la cosa. Por unos instantes no se oye nada, solo la voz de Jorge Negrete que canta como a Juan Charrasqueado lo mataron a traición.

Al poco rato, del cuarto del fondo sacan a una figura ensangrentada. Cuesta trabajo reconocer a Damián Arrizabalaga, pero es él. Tiene por lo menos tres heridas de bala en el cuerpo. Malamente puede caminar y el viejo se empeña en ponerle una peluca pelirroja en la cabeza. ¿Y eso? … Esto es la locura, en mal sitio has venido a caer. Acusan al Poeta de ser maricón, de crear el personaje de la Pelirroja, y de querer fraccionar al movimiento guerrillero. ¡Es una purga de izquierdas! Una lucha interna para decidir quién manda y como se debe salvar al mundo del imperialismo yanqui-europeo. ¡Por ahí va la cosa!

Tú estás confuso. Sin la brillantez logística del Poeta, ¿qué sería de la guerrilla urbana? ¿Cómo se puede acusar al hombre más temido por el gobierno de ser traidor a su causa? ¿Son Damián Arrizabalaga y la Pelirroja la misma persona? Hay algo que no cuadra en los argumentos esgrimidos por el viejo y sus dos perros de presa.

El entrenamiento recibido en la Policía Secreta te permite mantener una actitud calmada. Preocupado examinas la situación. Esto va por mal camino. Tarde o temprano el viejo y sus dos secuaces van a matar al Poeta y a las otras personas presentes en el bar. ¡Un insulto a tu autoridad! … Si echas mano de la Glock-17 oculta bajo tu chaqueta puedes hacer daño, pero los otros son tres y están mucho mejor armados con pistolas ametralladoras. No te queda más remedio que esperar a ver qué sucede. Tu mente se dedica a buscar una vía de escape y analizar diferencias notorias entre la realidad y la fantasía. Hay que inventar algo para perturbar la situación.

Damián Arrizabalaga te ha reconocido pero no dice o pide nada. Simplemente te vio y bajo los ojos.

El viejo lo golpea una y otra vez con la peluca pelirroja. Le pide que confiese ser un traidor. Es una guerra sicológica, necesitan acabar con su dignidad antes de matarlo. Ahí, en ese detalle, está la fortaleza de la víctima y la debilidad de sus verdugos. Oyes la voz fuerte y arrogante del Poeta:

> Lloro, pero no lloro por mí,
> lloro por ti y tu violencia.
> Hago mías tus faltas,
> siento en mí a cuantos humillas,
> y canto respirando más allá de mis penas,
> pidiendo perdón por lo que tú haces,
> encontrando excusas donde no las hay.
> Veo la sangre del inocente que matas,
> odios, rencores, ambiciones.
> Un baile de perros sin alma.
> ¿Quién es ese que ríe?
> Lloro, lloro por ti.

Palabras que sacuden a todo lo que tocan. Sonríes, la poesía después de todo es un arma. Anonadados con el poema y la actitud del Poeta, el viejo y los dos muchachos te sacan los ojos de encima. Es la oportunidad que has estado esperando.

Como un lince lanzas una mesa al suelo, te tiras detrás de ella, extraes la Glock-17 oculta bajo tu chaqueta, y empiezas a disparar. El viejo está aún boquiabierto de la sorpresa cuando recibe el primero de tus disparos en el pecho, el segundo le da en la cabeza y lo mata. Los dos muchachos llenos de furia descargan sus pistolas ametralladoras sobre la mesa que te cubre. Desesperado tratas de resistir su ataque pero no hay manera de escapar. Sientes como las balas te penetran en el cuerpo, un miedo enorme te invade, y el instinto de supervivencia hace que sigas disparando. Se te empiezan a ir los sentidos. Todo se acaba para ti … Entonces la ves. La mujer de pelo negro que estaba a tu izquierda, ahora está al lado del Poeta, protegiéndolo con su cuerpo y utilizando la pistola ametralladora del viejo para eliminar a los dos muchachos. No lo puedes creer. La realidad y la ficción se mezclan. ¡La Pelirroja ha entrado en acción! Como decía José Alfredo Jiménez, no siempre hay que llegar primero, pero hay que saber llegar.

DOMINGO DE RESURRECIÓN

La tarde de un Domingo de Ramos, mientras discutían el trayecto para las procesiones de Semana Santa, varios de los vecinos del pueblo de Los Cortijos notaron la presencia de un forastero parado cerca de la entrada principal de la Iglesia Mayor. El hombre, de estatura mediana y delgado, tendría entre 40 y 50 años de edad. Su vestimenta era modesta: tenis marrones, un vaquero azul descolorido, una semi-guayabera de lino blanca y una vieja gorra negra que sostenía en sus manos. Su rostro blanco tostado por el sol estaba enmarcado por una barba hirsuta y una cabellera larga, ambas de color pardo oscuro. Diez años atrás muchos de los presentes lo habrían catalogado como un guerrillero de la montaña. Ahora, después del proceso de pacificación, más bien parecía un estudiante universitario de esos que nunca terminan la carrera o un bohemio. Había algo en su actitud que inspiraba confianza hasta tal punto que ninguno de los vecinos que lo vio recelo de él. Cuando una señora que pasaba a su lado dejó caer al suelo, sin darse cuenta, una palma bendita que había recibido, el forastero presuroso la recogió, y fue tras la señora a entregársela.

El hombre oyó atentamente las rutas y horarios para las procesiones de Semana Santa pero no mostró ningún interés en participar en una de ellas. Nada de lo planeado para el Jueves, Viernes o Sábado Santos lo perturbó. Al mencionar el párroco del pueblo el horario para la misa de Pascua en el Domingo de Resurrección, de 3 a 4 pm, el forastero extrajo lápiz y papel de un bolsillo de su pantalón y tomó nota. Después se alejó y comenzó a recorrer el muro que cercaba la Iglesia Mayor. Se detuvo en un sitio donde el muro y una calle aledaña a la iglesia estaban separados por una distancia de unos tres metros. Bajo él tenía un espacio amplio libre de rocas y matorrales. Dio unos cuantos pasos para asegurarse de que el suelo en ese lugar estaba anivelado. Sonrió, ese era el sitio que necesitaba. Con paso alegre se marchó caminando por una calle aledaña a la Iglesia Mayor. Nadie en el pueblo lo volvió a ver hasta el Domingo de Resurrección.

Los eventos pautados para la celebración de la Semana Santa en Los Cortijos ocurrieron sin mayor incidente. Tan solo una lluvia pasajera, de esas que van y vienen, molestó durante las celebraciones del Viernes Santo. El pueblo se engalanó con fervor religioso. Hubo todo tipo de procesiones: diurnas y nocturnas, para adultos, jóvenes y niños. Se escenificaron representaciones de la pasión, muerte y resurrección de Jesucristo. Un buen número de personas desfiló con trajes y capuchas de color blanco, negro o rojo para expiar sus pecados o para pagar favores pedidos a Cristo. Unos pocos llegaron al extremo de mostrar su devoción flagelándose con cuerdas y objetos de metal cortantes.

El Sábado Santo, tras la muerte simbólica de

Cristo el Viernes, la mayoría de la gente se recogió en señal de luto y se preparó para la explosión de alegría del Domingo de Resurrección. El Domingo las calles amanecieron decoradas con todo tipo de flores. Las últimas procesiones recorrieron el pueblo y en medio del júbilo por la resurrección de Cristo muchos vecinos intercambiaron obsequios o huevos de Pascua. A media tarde, una misa solemne, con voleo de campanas y sentidos aleluyas, puso fin a las celebraciones de la Semana Santa. Fue entonces cuando el forastero reapareció.

Retornó conduciendo un viejo jeep de color verde oliva. A su lado, en el asiento delantero del copiloto, traía a un niño de unos ocho años. En la parte trasera del vehículo se veían una silla, tambores, timbales y otros instrumentos de percusión que formaban un gran bulto atado con sogas de mapey. Bajo la mirada inquisitoria de varios vecinos, el forastero detuvo el jeep a unos pasos del muro de la Iglesia Mayor, cerca del sitio que había inspeccionado la semana anterior.

Sin decir palabra, con la ayuda del niño, procedió a descargar el contenido del vehículo. Colocó la silla al lado del muro de la Iglesia y en frente de ella posicionó en forma estudiada de antemano los instrumentos de percusión que había traído. La gente de Los Cortijos nunca antes había visto semejante arreglo de tambores, timbales, platillos, triángulos, piscas y maracas. El forastero probablemente era un músico profesional. Lo último que extrajo del jeep fue una bolsa donde tenía baquetas o palillos con distintas longitudes y grosores para tocar los instrumentos. Tomó dos baquetas, se sentó en la silla, miró hacia el cielo por unos segundos en busca de inspiración, y comenzó a tocar.

Su música era un ensayo en percusión pura salpicado aquí y allá con notas derivadas del folklore africano pasando por el candombe, la salsa y el jazz. Era una música alegre que deleitaba al oído y atraía al cuerpo. Poco a poco un grupo numeroso de vecinos se congregó alrededor del forastero. Maravillados por la forma en que tocaba empezaron a preguntarse: ¿quién es este hombre? Como ninguno dio una respuesta satisfactoria a la pregunta, uno de ellos intentó comunicarse directamente con el músico. Fue inútil. El forastero lo ignoró o quizás no oyó sus palabras. Estaba completamente imbuido en un segmento complejo que combinaba golpes de tambor, platillo, triangulo y maracas. 'Es un bendito' proclamaron tres ancianas beatas que habían conseguido colocarse en frente de la congregación de vecinos. Vestían hábitos de falda blancos y en sus manos llevaban rosarios de cuencas que vibraban con las notas de los tambores.

Dicen que fue en el interior de la Iglesia Mayor donde se originó el rumor de que el forastero era un hombre que tocaba como agradecimiento por la salvación milagrosa de su hijo. Se llegó a hablar de un niño enfermo con leucemia terminal que se salvó gracias a la intervención directa de Cristo. El rumor se extendió rápidamente entre la población de Los Cortijos. Al oírlo, el párroco del pueblo interrumpió lo que estaba haciendo dentro de la iglesia y junto con el sacristán salió corriendo a ver tal prodigio. Los dos cortaron a través del grupo de personas que rodeaba al músico. Al llegar a unos metros del forastero sus ojos se abrieron llenos de asombro. El sacristán notó la presencia del niño que había arribado con el músico. Se acercó a hablar con él:

- Hola, bienvenido a Los Cortijos. ¿Usted es el jovencito que estuvo a punto de morir de leucemia?

El niño lo miró perplejo sin saber qué responder. Rápidamente se retiró hacia donde estaba aparcado el viejo jeep. El sacristán no le dio mayor importancia al asunto. En ese momento un par de turistas, hombre y mujer, empezaron a tomar fotos del forastero. Querían captar su imagen en plena acción. Él no se dio por enterado, siguió a lo suyo, tocando y tocando. La rapidez con que movía los brazos y manos dificultó el trabajo de los dos fotógrafos aficionados. Decidieron subir la velocidad de disparo de sus cámaras. A la turista se le ocurrió hacer un encuadre de abajo hacia arriba donde aparecieran el pecho, los brazos y la cabeza del forastero. Con determinación se acercó al músico, hincó rodilla en tierra, apuntó el foco de su cámara hacia arriba, y disparó. Fue en ese preciso instante cuando un vecino que acababa de llegar al lugar empezó a dar voces excitado:

- ¡Cooño! … Este es Ramiro Menéndez. Sí es él … ¡Qué bárbaro! … Cuando era más joven, hace años de eso, dejó su trabajo de músico en la capital, se fue a La Sierra y montó una escuela en Santa Paula. Ahí fue donde yo lo conocí. Ramiro se puso a enseñar a leer y escribir a la gente. Esa vaina no le gustó a Eugenio Montero el cacique de la zona. El viejo Montero lo acusó de ser comunista y dio orden de que los paramilitares lo mataran. Eso fue muy feo. El cura de Santa Paula escondió a Ramiro en la iglesia del pueblo. Ramiro se salvó, pero los paramilitares mataron al cura y a un monaguillo. ¡Una cosa terrible! Ramiro cayó en una depresión, quedó mal de la cabeza, le dio por tocar sus tambores como ofrenda durante la Semana Santa … Se ve que se cansó de tocar en los pueblos de La Sierra y abandonó las montañas. ¡Ramiro Menéndez tocando aquí en Los Cortijos! El mundo es chiquito.

Sorpresa general. La historia del tamborilero loco captó la atención de la gente. Los presentes analizaron sus detalles mientras el incidente corría de boca en boca. Ciertamente era una cosa terrible. Las tres ancianas beatas se santiguaron pidiéndole al cielo por la salvación del forastero y por las almas del cura y el monaguillo asesinados por los paramilitares. Sin embargo, antes de que la historia cuajara entre la población de Los Cortijos, un vecino intervino:

- Mira Felipe ese cuento está bien hecho, pero tú tienes otros más bonitos de tu época en La Sierra. ¡Que imaginación! … Cada día sales con algo nuevo.
- ¡No me vengas con vainas Juan José! Lo que conté de Ramiro Menéndez es verdad. Eso no es invento mío.

El daño estaba hecho. La mayoría de la gente decidió olvidarse de la historia con el maestro de escuela escondido y el enfrentamiento del cura y el monaguillo a los paramilitares. Les gustó mucho más la historia del hombre que tocaba como agradecimiento por la salvación de su hijo. Nada de esto le importó al forastero. Continuaba tocando incansable, inventando distintas permutaciones de notas y repiques. Su inspiración a la hora de crear sonidos con sus instrumentos de percusión parecía ser infinita.

Una hora después de haber empezado el concierto del forastero, el cielo sobre Los Cortijos empezó a llenarse de nubes cargadas con agua. Una ligera lluvia ya había molestado durante las celebraciones del Viernes Santo pero esto era una cosa mucho más seria. Los vecinos pusieron mala cara. ¿Iba a parar de tocar el forastero? ¿Valía su música una buena mojada bajo la lluvia? Una llovizna fina empezó a caer, poco a poco incrementó el tamaño de las gotas de agua, la garua fina se transformó en lluvia fuerte. A la gente no le quedó más remedio que buscar refugio. Muchos se fueron a sus casas. El niño que acompañaba al forastero se guareció bajo el portal de una tienda cercana. Ahí se le acercó un perro callejero con el que se puso a jugar. Sólo las tres ancianas beatas permanecieron cerca del músico ignorando la lluvia. Una de ellas, llena de fervor religioso e impresionada por las gotas de agua que caían sobre la larga cabellera y barba del forastero, empezó a gritar:

- Es Cristo … ¿No ven que es Cristo? … ¡Que nadie huya!

El forastero continuó tocando los tambores. Obviamente no era la primera vez que él y sus instrumentos musicales sufrían el impacto de la lluvia. El contacto del agua con la madera y cuero de los tambores y timbales cambió sus propiedades acústicas dando lugar a una nueva gama de tonos. Un nuevo universo de sonidos en el que el forastero se sumergió con entusiasmo. En los cielos se empezó a oír el sonido del trueno. Primero distante y esporádico, después cercano y continuo. La lluvia fuerte se transformó en tormenta. Ante el empuje de la naturaleza las calles del pueblo quedaron casi desiertas. Las tres ancianas beatas temblaban llenas de miedo

- ¡Oigan como truena! … Todos esos rayos … ¿Y si éste en lugar de ser Cristo fuera el Diablo disfrazado burlándose de nosotras?
- Ave María purísima ilumínanos, cosas mucho más feas ha hecho Satanás.
- Vámonos … ¡Santa Bárbara bendita protégenos!

Las tres mujeres echaron a correr hacia el centro del pueblo. El resplandor de la luz de los rayos iluminaba su camino. Pasaron por delante del portal donde se guarecían el niño y el perro callejero. El perro no pudo resistir la tentación de ladrarles. Por un segundo pensó en ir tras ellas, para tratar de morder sus hábitos blancos, pero el diluvio de agua que caía del cielo lo hizo cambiar de idea. Cerca del muro de la iglesia el forastero continuaba tocando sus tambores. Sonreía, no le tenía miedo a los rayos que cortaban el firmamento. Había sobrevivido a cosas peores. Estaba vivo y daba gracias por ello.

Con el ruido de la tempestad nadie en Los Cortijos supo de seguro hasta qué hora siguió tocando el forastero. Muchos dicen que a las diez de la noche aún tocaba. Felipe, el vecino que había vivido anteriormente en Santa Paula, juró que a las dos de la madrugada oyó el sonido de un solo de timbales. La mañana del lunes, cuando la tormenta amainó, muchos vecinos, llenos de curiosidad, regresaron al lugar donde por última vez habían visto al forastero. El hombre y sus tambores habían desaparecido. Tampoco estaban el niño, el perro callejero, y el viejo jeep. En el barro del suelo de tierra aún quedaban unas pocas marcas humanas que el agua de la lluvia no había logrado borrar.

EL RECOLECTOR

Para él las veredas entre las colinas de basura eran como un laberinto de calles en una ciudad cuya forma cambiaba constantemente. Todos los días los camiones depositaban toneladas de basura en Las Hachas cambiando la morfología del basurero municipal. Demetrio Ramón se las ingeniaba para ir de un lado a otro tirando o empujando el pequeño carro en que transportaba los objetos de medio uso o casi nuevos que recuperaba de entre las pilas de basura. Tenía ya más de diez años como recolector de basura en Las Hachas. Sabía cómo moverse en el inmenso basurero. Normalmente hacia su recolección a primeras horas del día, entre las 7 y 10 am, cuando los camiones traían la basura fresca. A partir del mediodía la intensidad de los rayos del sol aceleraba los procesos de descomposición de la basura produciendo gases con un olor insoportable.

De joven, Demetrio Ramón había desempeñado varios oficios sin llegar a establecerse en alguno. Un todero. A su edad, frisaba los sesenta años, sin una especialización era sumamente difícil conseguir un trabajo fijo fuera del basurero. No quería pedir dinero en la calle. Resignado hacia su oficio de recolector lo mejor que podía. Cuando alguien le preguntaba si vivía bien, el respondía con un guiño: 'gano más dinero que un bibliotecario'. Lo cual era verdad. Innumerables desechos de una sociedad de consumo pueden ser reciclados o volver a ser utilizados directamente. En la mayor parte de sus excursiones de búsqueda, Demetrio Ramón lograba recuperar objetos que producían buen dinero al ser revendidos en el mercado de bienes de segunda mano.

Esa mañana había tenido suerte. En la primera descarga de basura fresca que inspeccionó encontró una silla ergonómica prácticamente nueva. Una maravilla de la tecnología. Tenía palancas sofisticadas para controlar la altura, rotación e inclinación del cuerpo. Demetrio Ramón decidió probarla. Se sentó en ella relajadamente e inclinó su espalda, lentamente rotó observando las descargas de basura que tenía a su alrededor. Identificó varios objetos que podía recolectar. Miró hacia el cielo. En el firmamento el sol se movía altivo entre unas pocas nubes. 'Hoy el calor va a pegar duro.' Satisfecho se incorporó. La silla ergonómica no tenía ningún fallo. 'Algún bicho rico se cansó de ella y decidió comprarse otro modelo' se dijo mientras montaba la silla en su carro de transporte.

El carro poco a poco se fue llenando con una miscelánea de objetos a medio usar: un secador de pelo, una pequeña estatua en vidrio de un buda, un guante de beisbol, tres ollas de cocina en acero inoxidable, una lamparilla de mesa, zapatos de jogging, y una tetera japonesa. 'Listo.' Contento Demetrio Ramón se preparó para tomar el camino hacia una de las salidas del basurero. Fue entonces cuando lo vio. Estaba parcialmente envuelto en hojas de periódico al lado de un baúl destartalado. Era un libro. El recolector lo tomó en sus manos. La cubierta del libro mostraba a un hombre y una mujer, vestidos con ropas de faenar en el campo, danzando. Un grupo de personas los observaba y aplaudía. Sobre ellos se veían cuatro palabras: *Alan Lomax en España*. Intrigado Demetrio Ramón examinó el contenido del libro. Leyó la primera página después del título:

Alan Lomax: ¿Un quijote en busca
de la música de un pueblo?

Alan Lomax ocupa un lugar privilegiado dentro de la música popular del siglo veinte. Aun así, es probable que para muchas personas su nombre sea completamente desconocido. Lomax, un etnomusicólogo, viajó por el mundo grabando muestras del folklore musical de un gran número de países. En las décadas de 1930 y 1940 sus grabaciones jugaron un papel fundamental en el renacimiento del folk norteamericano y lanzaron a la fama a intérpretes básicos del blues como Muddy Waters, Leadbelly y Jelly Roll Morton. Blues grabados en campos de recolección de algodón y en los patios de cárceles o edificios penitenciarios en el sur de los Estados Unidos. Una música que terminaría por ejercer una influencia enorme en bandas seminales del rock: The Rolling Stones, The Yardbirds,

Cream, Led Zeppelin, The Allman Brothers, y sobre muchos otros grupos musicales surgidos a finales del siglo veinte.

Este libro narra las peripecias de Alan Lomax en España. Un buen día de 1952, durante una visita a Palma de Mallorca, Lomax quedó prendado de la variedad del folklore español. Con su grabadora a cuestas recorrió el país de arriba abajo por un periodo de siete meses soportando todo tipo de dificultades. Eran los tiempos duros de la dictadura del General Francisco Franco. Lomax encontró un país aún sumido en la postguerra, pobre y hambriento: "Por cerca de un mes vagué erráticamente de un sitio a otro, deslumbrado por la belleza solemne de la tierra, desfallecido y enfermo al ver a esa gente noble, demolida por la pobreza y un estado policía. Yo vi que en España, el folklore no es simplemente fantasía y entretenimiento. Cada villa española era un sistema cultural completo en el cual las tradiciones impregnaban todo los aspectos de la vida; y es este sistema de costumbres, muchas veces paganas, la armadura espiritual que ha ayudado al pueblo español a soportar las distintas formas de tiranía a

las que ha sido sometido por siglos y siglos"
(Hi/Fi Stereo Review, Mayo 1960). En sus
viajes Lomax logró grabar un total de 75
horas de música tradicional, incluyendo
sonidos de festividades religiosas, bodas y
cantos callejeros. El trabajo de recolección
de Lomax es un periplo fantástico por el
folklore español de una época que ya no
existe.

Julián Márquez Bruix
Barcelona 2004

'¿Y este libro cómo llegó hasta aquí?' Demetrio
Ramón revisó más páginas. El libro estaba dividido
en dos partes. La primera parte contenía textos y
fotografías explicando las grandes rutas y caminos
locales seguidos por Lomax en sus viajes por España.
Grabó música folklórica de Galicia, Asturias,
Euskadi, las dos Castillas, Extremadura, Andalucía y
las Islas Baleares. 'El hombre se movía.' La mayoría
de los pueblos y ciudades visitados por Lomax eran
completamente desconocidos para Demetrio Ramón.
Se entretuvo examinando las fotografías de varias
personas cuyo canto fue registrado por Lomax. Había
de todo: gente de ciudad y de campo, hombres y
mujeres, jóvenes y viejos. La foto de una anciana que
cantaba un romance vestida con traje y pañoleta
negros lo impresionó. '¿Mi abuela Pilar?' La
segunda parte del libro se enfocaba en un análisis

detallado de los distintos tipos de música folklórica grabados por Lomax. Alboradas, alalás, jotas, caracoles, fandangos, bulerías, saetas. Demetrio Ramón se sintió perdido. 'Música del otro lado del océano.' Lo suyo eran la salsa, el merengue y la cumbia. Hizo un esfuerzo. Ojeando las páginas finales del libro encontró una marcada donde estaba impresa la letra de un fandango de Comares:

Los hombres de mi tierra,
Cuando salen a pelear,
Cuando salen a pelear,
Solo llevan una estrella,
Que es la tuya y la mía.

Al lado alguien había escrito a mano unas palabras en otro idioma: "All you fascists bound to lose, W. Guthrie." Demetrio Ramón cerró el libro. Por unos segundos consideró la posibilidad de llevárselo. Evaluó su valor en el mercado de reventa. Los objetos que llevaba en el carro de transporte, sin lugar a dudas, le darían mucho más dinero. 'Nadie lo va a querer.' Con sumo cuidado colocó el libro en el sitio donde lo había encontrado. Un fuerte olor producto de la descomposición de la basura golpeó su olfato. Disgustado movió la cabeza. 'Se hace tarde.' Con energía empezó a tirar del carro. Necesitaba recorrer casi cuatro kilómetros para llegar a la salida más cercana del basurero. '¡Maldito hueco! ... El sol ya está pegando duro'.

CADÁVERES

El tatuaje cubría la parte superior izquierda del torso del muchacho. Estaba trazado con una tinta de color gris oscuro. Acero sobre carne. Enmarcada por un arco gótico en ruinas se veía la figura esbelta de una mujer desnuda a cuyos pies descansaban un par de serpientes. El cuerpo de la mujer había sido profanado por dos orificios de bala. Uno de los proyectiles llegó al corazón del muchacho causándole la muerte. Una nota de papel atada a la mano derecha del cadáver indicaba que había muerto esa misma noche al ser asaltado a la salida de una fiesta. 'Uno más … Es el octavo que nos llega hoy', pensó Alejandro Arteaga. Tras examinar al occiso, el medico decidió que una autopsia formal a cuerpo abierto no era necesaria. Un técnico de la Medicatura Forense trasladó la camilla con el cadáver al piso de la Morgue donde estaban las cámaras de refrigeración.

Cansado por la falta de sueño, Alejandro extrajo de un bolsillo de su bata blanca de trabajo un reloj. Las cuatro y pico de la madrugada. Faltaban casi tres horas para que terminara su turno de guardia a las siete de la mañana. Era un fin de semana típico en la Morgue. Como de costumbre le habían asignado la guardia de la noche del sábado para el domingo. La "Noche Santa". Oficialmente el país vivía tiempos de paz pero cada fin de semana la violencia estallaba en las zonas marginales de la ciudad produciendo decenas de muertos. Gobiernos populistas de derecha e izquierda tenían años y años ignorando las causas de la violencia. 'Gobernar es fácil con los ojos cerrados.' La labor de Alejandro por lo general se limitaba a recibir los cadáveres y catalogar rápidamente las causas de la muerte. A veces se veía obligado a realizar autopsias completas. Por suerte esa noche había tenido poco trabajo. Sintió que necesitaba beber un café.

Al recorrer el pasillo que daba acceso a las salas de examen y oficinas principales de la Morgue encontró a tres personas. Dos técnicos tan cansados como él y un bedel que a esas horas de la madrugada iniciaba sus labores de limpieza del edificio. No vio por ningún lado a su compañera de guardia, la doctora Ana Cecilia Ayala. 'Ana siempre está ocupada.' Decidió beber el café sólo. Mejor así. Su segunda esposa y él estaban planeando tomarse unas vacaciones y tenía que decidir el lugar adonde iban a ir. A su esposa le fascinaba la idea de irse a París. 'Oh la la.' Alejandro prefería irse a una isla del Caribe, alejarse de la civilización, perderse en un lugar donde no existiesen ni vivos ni muertos. '¡Voy a ser libre!' ¿Qué hacer para convencer a su esposa? ¿Cómo luchar contra los encantos de Paris?

Ansioso se detuvo en frente de la máquina de expendio de café. ¡Estaba vacía! 'Mala suerte … ¿Los cadáveres se bebieron todo el café?' Había otra máquina expendedora en el Lobby de la Morgue. El doctor sopesó la posibilidad de atravesar el pasillo y cruzar las puertas que llevaban al Lobby. Siempre que podía evitaba pasar por el Lobby. Ahí estaban los familiares de los fallecidos. '¡Oh Dios!' Gente que le hacía sentir la fatalidad de la muerte. Tenía más de quince años trabajando en la Morgue y aún le costaba lidiar con personas que venían buscando a un hijo, un hermano o un amigo muerto.

Al llegar a las puertas que daban paso al Lobby se asomó por los cristales. '¿A quién tenemos esta noche?' Varios seres humanos se movían en el otro lado del edificio. La doctora Ayala, su compañera de guardia, hablaba con un grupo de tres personas: una señora, un señor, y una muchacha. La señora y la muchacha tenían cara de haber llorado recientemente, el señor parecía un zombi. Estos tres, por alguna razón, atraían la atención de las otras personas presentes en el Lobby. Alejandro consideró que podía llegar hasta la máquina del café sin ser molestado. Y así fue. Mientras la maquina llenaba un vaso de café con leche, oyó parte de la conversación entre su compañera y los tres visitantes.

- No señora, como ya le mencioné, aquí no ha llegado nadie con ese nombre- decía cortésmente la médico.
- ¿Está segura? …En la Policía nos mandaron para el Hospital y allá nos dijeron que su cuerpo ya estaba en la Morgue – insistía la señora con lágrimas en sus ojos.

- Señora, alguien se confundió, el cuerpo de su hijo no ha llegado a la Morgue. Le recomiendo que se vaya a su casa. Tan pronto llegué el cadáver la notificamos.
- Doctora, ¿y no me puedo quedar aquí para esperarlo? … Sabe …Yo no quiero que él esté en este lugar, él no se lo merece.

Alejandro tomó el vaso de café con leche en su mano derecha y se encaminó hacia el centro del edificio. En el trayecto vio hacia donde estaba parada su compañera. Cortésmente saludo a Ana Cecilia Ayala con su mano izquierda. Por un segundo intercambió miradas con la madre que buscaba el cadáver de su hijo. 'Ellas los paren, ellas los crían … Y, al final, ellas los entierran' pensó tras ver los movimientos dubitativos de la mujer. Aceleró sus pasos.

La soledad del pasillo central lo acogió. Se detuvo. Bebió un sorbo de café con leche. Miró hacia el extremo del pasillo donde estaba la puerta por la que traían los cadáveres recién llegados. Nada. Podía ir a tomar la bebida con tranquilidad en su oficina. Los técnicos de la Morgue sabían dónde localizarlo. Su oficina estaba situada al lado de una sala de autopsias. Para infundirle vida la redecoraba frecuentemente. 'It is alive, it is alive', bromeaban sus compañeros de trabajo al ver paredes y muebles cuyo aspecto cambiaba constantemente.

Esa noche había colocado sobre una de las

paredes la cubierta enmarcada de una antigua edición en vinilo de Rubber Soul, el famoso álbum de los Beatles. En frente de él tenía a cuatro jóvenes melenudos vestidos con chaquetas de cuero. John Lennon lo observaba enigmático mientras los otros tres Beatles miraban hacia la entrada de una sala de autopsias. La cubierta enmarcada era un regalo de su hijo pequeño y su primera esposa. Ambos sabían que era un fanático a muerte de los Beatles. El día que oyó a Paul McCartney cantar: 'And in the end, the love you take is equal to the love you make', quedó atrapado. Años después, siendo un joven universitario, lloró el 8 de Diciembre de 1980 cuando John Lennon fue asesinado de cinco disparos en la ciudad de Nueva York. Los Beatles para él representaban una época en que creía en la posibilidad de cambiar el mundo, all you need is love, una creencia que fue muriendo poco a poco con su trabajo en la Morgue. 'Los muertos van y vienen', se dijo, 'el mundo va a peor … Nowhere men everywhere.' Colocó el vaso de café con leche sobre su escritorio. Se sentó en el borde de una silla. Activó su PC y empezó a revisar su e-mail.

Tenía un mensaje de su segunda esposa. 'Paris nos espera.' Sonrió. El mensaje traía un attachment. Era una vieja foto en blanco y negro de Robert Doisneau. En la foto, un joven y una joven se besaban en una calle de Paris. Ajenos al mundo que los rodeaba, en medio del tráfico de personas y autos, dos seres unían sus labios en un beso lleno de vida y esperanza. Alejandro sintió que la posibilidad de tomar unas vacaciones en el Caribe se desvanecía. Tenía que contraatacar.

Empezó a surfear la internet en busca de imágenes de playas paradisiacas en el Caribe. Encontró cielo y mar azules, arena blanca, cocoteros, palmeras de todo tipo, y ni un sólo ser humano a la vista. Después de examinar varias fotos, seleccionó una donde se veía un atardecer increíble sobre una playa de las Bahamas. Se la mando a su esposa con el mensaje: 'Oh la la mon chéri'. Sintió que necesitaba algo más para fortalecer su argumento. Encontró una foto submarina de un arrecife de coral en Puerto Rico. Peces de colores danzaban ante él invitándolo a sumergirse en una mar azul turquesa. Se preparaba para enviar la foto, cuando sintió un par de golpes en el marco de su puerta. Era uno de los técnicos.

- Doctor acabamos de recibir otro cadáver. Un tipo rarísimo. Tiene que verlo. Lo encontraron muerto en una plaza del centro de la ciudad sin identificación.

Alejandro terminó lo que estaba haciendo en el PC. Acabó de tomar su café con leche y se dirigió a la sala de autopsias localizada al lado de su oficina.

El cadáver recién llegado reposaba sobre una camilla con la parte superior del cuerpo expuesta a la vista. Al verlo Alejandro sintió una sensación extraña, algo no cuadraba. Procedió a examinar el cuerpo … Ese rostro limpio y sincero, esa forma de llevar el cabello peinado hacia atrás al estilo de comienzos del siglo veinte. '¡El Dios del tango! … Al pobre hombre lo han matado disfrazado de Carlos Gardel', pensó el médico, 'mala suerte amigo'. En su espalda el cadáver exhibía dos heridas profundas de puñal. Le habían perforado los pulmones. 'Murió por falta de aire y desangrado. Probablemente lo atacaron para robarlo, eso explica la perdida de la billetera con los documentos de identidad' concluyó Alejandro.

Observó la forma en que el técnico miraba al occiso. Su aspecto lo intrigaba, sentía una atracción extraña, pero no daba reconocido al personaje que tenía delante. 'Esta no es tierra de tango y ya han pasado más de 70 años desde la muerte de Gardel'. El cuerpo tendría alrededor de 1 metro y 65 centímetros de estatura, unos 80 kilos de peso, y una edad cercana a los 50 años. El médico inició un análisis detallado de la cabeza del cadáver. El cabello negro, lacio, era completamente natural. En el rostro blanco lampiño no había maquillaje ni marcas de cirugía. 'Es sorprendente que se parezca tanto a Gardel' se maravilló Alejandro. Con una cámara digital tomó fotos del cadáver desde varios ángulos. Quizás una comparación con los bancos de datos disponibles en la internet lo ayudara a identificar al occiso.

Se fue a su oficina. Conectó la cámara digital a su PC y transfirió las fotos que acababa de tomar. En su computador tenía un paquete de software, un código, capaz de reconstruir el cuerpo de un individuo en tres dimensiones usando datos de sus características físicas y fotografías. Lo utilizó. En menos de un minuto apareció en la pantalla del PC la imagen reconstruida del cuerpo desnudo del occiso desconocido. Alejandro movió y rotó la imagen. 'Si es él'. El software le preguntó si deseaba comparar el cuerpo en la pantalla con el cuerpo de otra persona en la base de datos. 'Sí', respondió el medico e introdujo un nombre tentativo, 'Carlos Gardel'. El software buscó y comparó la fisonomía de los dos individuos. Dio una respuesta afirmativa. Con un 98.9 % de confiabilidad, el cadáver en la sala de autopsias y Carlos Gardel eran la misma persona.

Con la respuesta afirmativa el software emitió una nota de warning: Carlos Gardel fue un individuo dado a cambios sustanciales en su peso corporal de una semana para otra, la fisonomía del occiso desconocido era la de Gardel sólo en algunos periodos de la vida del cantante. Alejandro no le dio importancia a la nota. ¿Qué estaba sucediendo? Volvió a la sala de autopsias y examinó el cadáver una vez más. No encontró por ningún lado signos de que su fisonomía hubiera sido alterada por métodos quirúrgicos. '¿De dónde salió este hombre?', se preguntó, 'el cadáver de Gardel está sepultado en el Cementerio de la Chacarita en Buenos Aires.' Cubrió al occiso con una sábana y dio instrucciones de que nadie lo tocara.

De vuelta en su oficina se dedicó a buscar información en la internet sobre Carlos Gardel. Varios aspectos de su vida eran un misterio. No se sabía con exactitud cuando y donde había nacido. Muchos postulaban que su madre dio a luz en Uruguay, Tacuarembó, otros en Francia, Toulouse. Se creía que su verdadero nombre era Charles Romuald Gardes. Probablemente de niño y joven vivió en los arrabales de Buenos Aires. Le encantaba cantar. Su gran talento y carisma ayudaron a popularizar el tango canción o tango con letra dándole a Gardel fama internacional. El mejor intérprete en la historia del género. 'El día que me quieras … Florecerá la vida, no existirá el dolor'. Cuando se encontraba en la cúspide de su fama, un accidente de aviación le quitó la vida el 24 de junio de 1935, en la ciudad de Medellín.

Las causas del accidente nunca fueron aclaradas plenamente. Llegó a hablarse de un tiroteo entre Gardel y uno de sus acompañantes a bordo del avión. Muchos afirmaron que su ídolo había sobrevivido al accidente y se había retirado para disfrutar de una vida más tranquila. Según ellos, el cuerpo velado por las multitudes durante las honras fúnebres de 1935-1936 no era el cuerpo de Carlos Gardel. 'Volver, aunque no quise el regreso, siempre se vuelve … Es un soplo la vida'. Alejandro trató de asimilar toda esta información lo mejor que pudo. 'A challenging problem'.

Si iba a Paris a pasar sus vacaciones, como quería su esposa, tenía que darse una vueltecita por Toulouse para obtener información de primera-mano sobre Gardel. Se planteó tres hipótesis, todas difíciles de creer. En la primera, el cadáver en la sala de autopsias era un doble biológico de Gardel producido por un juego extraño de las leyes de la genética humana. Algo improbable pero no imposible. La segunda hipótesis asumía la posibilidad de viajar en el tiempo: el occiso en la sala de autopsias era en efecto Carlos Gardel quien nos había venido a visitar desde el pasado. 'Tourism in time'. Alejandro no era un experto en física, pero sabía que la Teoría de la Relatividad de Albert Einstein permitía la posibilidad de viajes en el tiempo. La tercera hipótesis, la más descabellada, asumía que la idolatría y amor de sus fanáticos habían mantenido a Gardel vivo y en plenitud de condiciones por más de un siglo. Si esto era cierto el cadáver en la sala de autopsias pasaba de los 120 años. 'El día que me quieras, florecerá la vida, no existirá el dolor'.

Alejandro trazó un plan de acción. Había que hacer una autopsia detallada del cadáver: pruebas de ADN, exámenes minuciosos de tejidos celulares, y un estudio de la bioquímica del cuerpo. Iba a necesitar ayuda. 'Hace falta un equipo de expertos'. Primero que nada, debía notificar al Director de la Morgue. Tenía órdenes estrictas de reportar cualquier incidente o situación fuera de lo normal. El gobierno quería minimizar la mala publicidad generada por la inseguridad y violencia en las zonas marginales de la ciudad. 'Un problema científico se puede convertir en un problema político'. Afortunadamente el Director de la Morgue era amigo suyo. Confiaba poder razonar con él si la discusión se torcía. El reloj que cargaba en su bata de trabajo le indicó que eran las 5 y 28 minutos de la mañana. El Director de la Morgue tenía fama de madrugador. Cerró la puerta de su oficina para llamarlo en privado. Activó el speaker del teléfono que estaba sobre su escritorio y marcó una serie de números en el teclado

- Buenos días … ¿Ernesto?
- Sí, soy yo. ¿Qué pasa Alejandro?
- Perdona que te moleste a estas horas Ernesto, pero tenemos algo fuera de lo común aquí en la Morgue.
- No te preocupes hermano, yo estoy a pie desde la 5 ayudando a preparar a los muchachos que se van de excursión a la montaña. Un domingo en el campo. ¿Qué sucede?
- Algo increíble. Ver para creer. Nos ha llegado un cadáver sin identificación. Lo encontraron muerto en una plaza. Tiene la fisonomía de Carlos Gardel.

- ¿Cómo? … ¿Gardel el cantante de tangos? ¿Tú me estas tomando el pelo? Tan temprano y ya bromeando.
- No, no Ernesto. Esto es en serio. Yo estoy tan sorprendido como tú. Los datos de fisonomía indican que es Carlos Gardel con una confiabilidad cercana al 100% … ¡Esto es grande Ernesto! Hay que montar un equipo de trabajo para estudiar el cuerpo en detalle … Ernesto, ¿me oyes?
- Sí, te oigo hermano. Alejandro, ¿tú te das cuenta de lo que estas proponiendo? Vamos a quedar como pendejos. Al final va a resultar que se trataba de un tipo que iba para una fiesta de disfraces y lo mataron.
- No, no Ernesto. El hombre no tiene ningún tipo de maquillaje. Todo en él es natural.
- ¿Y se puede saber qué hacía Carlos Gardel ayer por la noche en una plaza de la ciudad?
- Eso no lo sé Ernesto.
- Mira Alejandro vamos a dejarnos de tonterías. Tú sabes lo mucho que ha sido criticado el gobierno por la inseguridad y violencia en los barrios marginales. Yo te enseñe el informe de las ONG donde se quejan de los 26 000 muertos por homicidio al año. Dicen que esto es peor que una guerra civil. A mí no me extrañaría que lo del

cadáver de Gardel fuera una maniobra de la oposición para desacreditar al gobierno.

- ¿Una maniobra de la oposición? Esta no es tierra del tango Ernesto. ¿Qué ganaría la oposición sembrando el cadáver de un cantante de tangos muerto hace más de 70 años? Sólo yo lo he reconocido.
- No te compliques la vida Alejandro. Hay un protocolo que establece como se deben tratar cadáveres sin identificación que son un peligro para la sociedad. ¡Quémalo! Incinéralo en el crematorio.
- ¿Quemarlo? … Pero no tiene ningún tipo de enfermedad contagiosa.
- ¡Quémalo! Destrúyelo y que nadie se entere de su existencia. Ni una palabra de esto a la Dr Ayala.
- ¿Qué pasa con Ana Cecilia?
- Es una idealista peor que tú. ¡Quema el cadáver Alejandro! Hay que evitar una crisis mi hermano. ¿Lo quemas tú o tengo que mandar a otra persona a hacerlo?
- Lo hago yo … No hay problema.
- Así me gusta hermano. Si alguien pregunta, oficialmente ese era un pobre diablo que iba a una fiesta y tuvo la mala suerte de que lo mataran. Mucho cuidado Alejandro, hay que evitar una crisis.

El Director de la Morgue cortó la comunicación. Alejandro quedó anonadado. No se esperaba esto. Por varios segundos permaneció inmóvil mirando al suelo. Resignado se encaminó hacia la sala de autopsias.

El cadáver estaba tal como lo había dejado. Removió la sabana que cubría el cuerpo. Lo volvió a examinar. Independientemente de si fuese o no Carlos Gardel, era un ser humano, tendría familia, esa familia iba a preguntar por él. 'Estas cosas no deben hacerse así'. ¿Y si no lo incineraba? Consideró la posibilidad de ocultarlo en una de las salas de refrigeración. Así podía ganar tiempo. Un tiempo en el que alguien quizás reclamara el cuerpo o en el que sería posible hacerle más pruebas médicas para determinar si era Carlos Gardel o su doble biológico. Conocía un rincón apartado en una de las salas de refrigeración que casi nadie visitaba. Era un lugar perfecto para esconder un cadáver. Se preparaba a trasladar al occiso cuando vio a dos técnicos entrando a la sala de autopsias. Vinieron directamente a su encuentro

- Doctor Arteaga estamos aquí para ayudarlo a incinerar el cadáver.

'Ernesto no confió en mi'. No había escape. Los dos técnicos tomaron la camilla sobre la que reposaba el cuerpo y comenzaron a moverla. Alejandro los siguió sin decir palabra.

El cuarto de incineración estaba en el sótano de la

Morgue. A el se llegaba utilizando un elevador. Al salir del elevador Alejandro notó que la cámara de incineración ya estaba encendida. Había otros dos muertos en el cuarto. El medico se dio cuenta inmediatamente de cuál era el plan. '¿Esto ya lo han hecho otras veces?' La idea era incinerar primero al occiso desconocido, después quemar a los otros dos cuerpos, dejando que las cenizas se mezclaran. Ahí prácticamente terminaba todo. Un análisis *a posteriori* de las cenizas era casi imposible. Los dos técnicos colocaron el cadáver en la cinta que llevaba a la entrada de la cámara de incineración. Con tristeza Alejandro vio como el cuerpo desaparecía en el interior del horno. 'El día que me quieras, florecerá la vida, no existirá el dolor'. Los cuatro quemadores del aparato fueron activados para llevar la temperatura del horno hasta 900 °C. Un letrero en una de las paredes indicaba que a esa temperatura el proceso de la cremación de un cuerpo duraba entre 45 y 50 minutos. ¿Qué hacer mientras tanto?

Los dos técnicos comenzaron a intercambiar historias de cadáveres llegados a la Morgue. Una había llamado la atención de ambos. Envolvía a dos muchachos enamorados. Ninguno de ellos pasaba de los veinte años. En la noche del lunes para el martes de esa semana, los dos jóvenes se descuidaron y salieron tomados de la mano de un cine. Sus gestos de cariño irritaron a los miembros de un gang. Se armó una reyerta. Uno de los muchachos enamorados peleó. Fue castrado y murió desangrado. Al otro muchacho lo desaparecieron. Se decía que había sido vendido a una red de prostíbulos. Su familia lo estaba buscando.

El técnico que manejaba los controles de la cámara de incineración recordó el caso del cadáver de otro muchacho llegado a la Morgue semanas atrás. Este vivía en un barrio y no ocultaba su homosexualidad. A un pastor evangélico se le ocurrió la idea de "regenerarlo". El muchacho se negó. Cansado del acoso del pastor, el joven tuvo una confrontación verbal con él en plena calle. Horas más tarde murió apaleado por un grupo de vecinos. Un golpe brutal con un trozo de madera le produjo la muerte por fractura del cráneo con pérdida de masa encefálica. 'No paga ser marica en un barrio' concluyó el técnico mientras se reía. Su compañero se unió a él haciendo gestos afeminados en tono de mofa. Al verlos Alejandro sintió que algo en su interior se sacudía. '¿Y qué paga cuando uno vive en un barrio?' pensó. De golpe salió de su letargo. '26 000 muertos por homicidio al año son muchos muertos, Ernesto hay que dar la cara'. Un sentimiento de rebeldía se apoderó de él. 'Aquí ya no hago nada la batalla es en otro lugar'. Hizo un ademan de despedida y tomó el camino de vuelta a su oficina.

Cubrió rápidamente el trayecto del pasillo que llevaba del elevador a su cuarto de trabajo. Su mente estaba centrada en un único objetivo: copiar y proteger la información que tenía en su PC sobre el occiso desconocido. Era vital evitar la destrucción de las fotos del cadáver. Se sentó en frente del PC. Activó la maquina e identificó los archivos que necesitaba manipular. Hizo dos copias de cada uno. Colocó una copia en un memory stick portátil. La segunda copia la transfirió a una cuenta personal que tenía en un banco de almacenamiento en la internet. ¿Qué iba a hacer con toda esa información?

A través de la ventana de su oficina observó el crepúsculo matutino. Los rayos del sol poco a poco se imponían sobre la oscuridad de la noche. Una luz donde se mezclaban el rojo y el amarillo teñía las nubes en el cielo. 'El fuego del amanecer'. Eran las 6 y 17 minutos de la mañana según el timer en su PC. Empezó a catalogar las fotos del cadáver. Sin el cuerpo físico le iba a ser muy difícil determinar si era o no era Carlos Gardel. 'Quizás Ernesto tiene razón, un pobre diablo que iba a una fiesta y tuvo la mala suerte de que lo mataran'. Pero había varias cosas que no cuadraban con una hipótesis tan simple. 'Volver, aunque no quise el regreso, siempre se vuelve'. Tenía que investigar más y, sobre todo, denunciar lo que había ocurrido esa noche.

Para armar un buen reporte necesitaba información detallada sobre la vida de Carlos Gardel. 'Vacaciones en Francia, con paradas en Paris y Toulouse'. Su esposa iba a estar feliz. 'Se salió con la suya, ¡designio del cielo!'. Elaboró una lista de sus conocidos en Argentina y Uruguay. Iba a tener que hablar con toda esa gente antes de viajar a Buenos Aires en busca de información. Podían ayudarlo a identificar hechos bien definidos en la vida de Gardel que sirvieran para establecer la identidad del occiso desconocido. ¡Un montón de trabajo! Por lo pronto había llegado la hora de irse a casa. No eran exactamente las 7 de la mañana, la hora en que terminaba su guardia, pero necesitaba descansar para aclarar sus ideas.

Se sacó la bata de médico y la dejo caer sobre su escritorio. Agarró su maletín, salió de la oficina y cerró con llave la puerta. Por un instante evaluó que salida tomar para abandonar del edificio. No quería que el personal en la entrada del Lobby le dijese el número exacto de cadáveres ingresados durante la noche. ¿Diez? ¿Doce? Optó por usar una puerta lateral.

Al sentir el aire fresco del amanecer su cuerpo revivió. Aceleró el paso. Su auto estaba aparcado en mitad del estacionamiento. Era un viejo Toyota Corolla. Encendió el motor y dejo que se calentara. Los cristales del vehículo estaban cubiertos por el roció de la noche. Con un trapo los limpió lo mejor que pudo. Se acordó de sus tiempos como estudiante de post-grado en la Escuela de Medicina de la Universidad de Chicago: tomar una espátula especial y limpiar la escarcha de los cristales del auto cada mañana durante los meses fríos del invierno. ¡Y dar las gracias porque no era nieve! '¿Cómo soportan los gringos esa vaina? … Invierno tras invierno por toda la vida'. Se introdujo en el auto, lo hizo retroceder y enfiló hacia la salida del estacionamiento. 'Con suerte en menos de media hora estoy en casa'. Oyó un grito:

- ¡Alejaandro! … Alejandro párate, no te vayas.

Alguien lo llamaba. Detuvo el auto. ¡Era Ana Cecilia Ayala! Venia corriendo desde la entrada principal de la Morgue hacia el estacionamiento. ¿Qué quería? Mentalmente le removió la bata de médico. 'Vaya un ejemplar extraordinario de hembra latina'. La mujer se paró delante de la ventanilla izquierda del Corolla casi sin aliento

- Alejandro … ¡Tienes que salir del auto y venir conmigo! No sé cómo explicarte esto. Es algo increíble … Acaban de traer un cadáver idéntico a John Lennon … Sí, John Lennon. Al hombre lo mataron hoy de madrugada cuando unos ladrones robaban una panadería. No sabemos de dónde salió. Hay gente en el Lobby de la Morgue haciendo preguntas … ¡Tenemos una crisis!

Alejandro vio como el sol se elevaba en el firmamento. Sonrió. Sin decir palabra dirigió su auto hacia una plaza vacía del estacionamiento. Para él comenzaba un nuevo día.

EL MURAL (DÉJÀ VU)

La historia se repite. Es de noche. En medio del silencio, una figura solitaria, a la cual ni la luna sonríe, camina por una calle desierta de la ciudad. Las zapatillas de tela y goma de Ángel tocan el suelo de la acera con sumo cuidado, no quieren hacer ruido, evitan llamar la atención. El muchacho tiene miedo, 'mucho miedo', aun así, avanza. En su cabeza dan vueltas las imágenes de un encuentro singular. Ángel quiere rehacerlo. 'Tengo que estar ahí.'

Como un autómata, al caer el sol, el muchacho comenzó a andar por calles vacías. Ha llegado hasta aquí, la frontera entre la ciudad y un barrio marginal, 'no man's land.' A la luz de las farolas observa las puertas cerradas de pequeños comercios y tiendas. Un reloj de farmacia le indica que falta poco para que sean las dos de la madrugada. ¿Ruidos? Detiene sus pasos y asustado mira hacia atrás. 'Nothing … Pavor en el aire … No hay escape.' Vuelve a caminar. Su mente traza una trayectoria que lo lleva directamente a una avenida amplia, de cuatro canales, donde espera encontrar lo que ansía.

Antes de llegar a la avenida, siguiendo su instinto, se interna en una callejuela. Está oscuro, no ve casi nada. Aun así, él ríe mientras avanza con cautela. Cuando está a la salida de la callejuela oye voces. 'Ellos ya están aquí.' Dos jóvenes de su edad están enzarzados en una discusión.

-   Mírala … La mía es más potente que la tuya.
-   ¿Otra vez con esa vaina?

- No seas arisco … Admítelo … La mía es más potente que la tuya.
- ¡Ni de vaina Gato!
- ¿Cómo no? Tócala pendejo, siéntela y compárala.

Atemorizado, Ángel pega su cuerpo contra la pared, trata de cobijarse por completo con la oscuridad. Sabe que los dos seres que conversan lo pueden matar. 'Sin miramientos.' Sus ojos intentan distinguir de donde salen las voces.

- Mieeerda … ¡Que bicha! Es casi tres dedos más larga que la mía Gato.
- Te lo dije juevón.
- ¿Y cómo puedas andar con esa vaina tan grande por ahí?
- Uno se acostumbra mi hermano … Lo jodido es cuando uno tiene que sacarla rápidamente.

Poco a poco, los ojos de Ángel dan descifrado las sombras que tiene delante de él. A cinco o seis metros de donde está, hay dos individuos. Ambos sentados en taburetes de madera. Ocultos tras un contenedor de basura de tamaño mediano vigilan lo que ocurre en la avenida que tienen en frente. Para matar el tedio comparan las armas de fuego que portan. 'Todas las noches discuten … Es parte de su ser … No ocultan nada … Sus palabras reflejan lo que verdaderamente sienten.'

- Esta bicha es como la de Clint Eastwood. ¡El diirti Harry! Con sus balas y este cañón grandote chinga lo que le pongan por delante … Vuela Cabezas la llaman.
- No sé Gato. No hace falta volar cabezas pa'matar. Esa bicha sólo lleva seis plomazos, la mía lleva quince. De los buenos … ¡Quince de 9 mm! Y mi Sig es livianita, la puedes esconder en cualquier parte. Da gusto llevarla.

El miedo no perdona, un sudor frio empieza a emanar por los poros de la piel de Ángel. '¿Dos policías en ropas ordinarias?' se preguntó la primera vez que vio a los dos jóvenes armados. 'Imposible, la policía nunca patrulla esta zona de la ciudad cuando cae la noche'. Eran dos atracadores en busca de una víctima. Cada noche se movían por esa área del barrio posicionándose en lo que ellos consideraban lugares estratégicos o 'sitios para cazar pendejos.'

Ángel voltea hacia el lado opuesto de la callejuela, evalúa el trayecto por donde vino. ¿Y si trata de escapar por ahí? Analiza sus posibilidades de éxito, desecha la idea, si por mala suerte lo oyen moviéndose lo más probable es que lo maten de un disparo. '¡Ni de vaina! … Además, yo necesito estar aquí.' Decide permanecer donde se encuentra. Los dos maleantes no lo han visto y se dedican a observar lo que ocurre o no ocurre en la avenida.

Ángel ha estado varias veces en ese lugar. Lo conoce bien. Durante el día, la avenida usualmente bulle llena de vida con los comercios abiertos, gente que va de un lado a otro, y el tráfico constante de vehículos. 'Todo eso cambia al anochecer … El hampa se adueña de la zona'. Las campanadas de un reloj de iglesia lejano indican que son las dos de la mañana. Los jóvenes escondidos detrás del contenedor de basura se mueven inquietos.

- Este sitio no tiene vida … Mejor nos vamos a otra esquina o cambiamos de calle.
- Tranquilo Gato, tranquilo. Hay que tener fe, al primer tonto que se aparezca lo quebramos y nos llevamos lo que tenga.
- ¿Fe? ¡No me jorobes! Ya vamos pa'dos horas aquí y no hemos visto ni a un perro. Esta avenida se jodió desde que mataron al barrendero. Por aquí de noche no vienen ni las putas.
- Ok, ok Gato. Media hora más y si no viene nadie nos vamos.

Los minutos pasan. El cuerpo de Ángel se mantiene pegado a la pared, al amparo de la oscuridad. El stress lo consume. Un par de calambres recorren sus piernas. De golpe siente unas ganas infinitas de echarse a correr. No puede. Tiene que relajarse, pensar en algo placentero. Deja que su mente se eche a volar: 'Soy el imposible hombre impasible, en mi desesperación necesito transgredir

… Recuerdo la primera noche que estuve aquí … La alegría después del miedo … El gozo de la libertad … Soy el imposible hombre impasible …'

- ¿Y eso? … Mosca Gato, ponte pilas que alguien viene.

Tres pares de ojos convergen sobre una camioneta que se aproxima por la avenida. Es un vehículo de color marrón con la apariencia normal de una furgoneta para el reparto de mercancías. Se detiene en la acera opuesta de la avenida, a unos cuarenta metros del contenedor de basura tras el cual se ocultan el Gato y su compañero. El lugar donde se ha parado el vehículo está bien iluminado. Un par de farolas dejan caer sus rayos de luz sobre una pared que sirve como mural de publicidad. 'Selling a dream'. En la parte superior izquierda del mural, sobre un fondo blanco, hay un slogan publicitario simple: La Revolución es el pueblo, mi pueblo y yo somos uno. La parte derecha del mural está dominada por la figura corpulenta, robusta, de un gobernante. Le sonríe al mundo. '2 + 2 son 5'. De la camioneta se baja un individuo. Viste un overol azul desgastado sobre el que lleva puesta una vieja zamarra de cuero. En sus manos carga una pistola ametralladora. Procede a inspeccionar los alrededores.

- ¡Mierda! … Otra vez la guerrilla urbana … No se cansan … Escóndete Gato, que no nos vean. Esos son más pobres que nosotros y echan plomo parejo.

\-   ¡Tremenda Uzi mí hermano!

El individuo con la pistola ametralladora da el visto bueno y del vehículo se bajan otros cuatro hombres. También visten overoles de trabajo. Abren las puertas traseras de la camioneta. Del interior del vehículo sacan cubos y botes de pintura de secado rápido. A éstos le siguen brochas y rodillos para pintar paredes. Los movimientos de los artistas recién llegados son precisos y rápidos. Saben muy bien lo que quieren hacer. Ángel los observa maravillado. 'Ya están aquí los pintores de la noche … A ver que tienen preparado para hoy.' Utilizando rodillos acoplados a varas largas los hombres cubren la pared que tienen al lado con una capa de pintura de color verde jade. La imagen del gobernante feliz desaparece del mural.

\-   Se nos fue el hipopótamo … ¡Adiós mí líder!

\-   Ya era hora Gato. Ese además de inútil es pavoso.

Mientras la capa de pintura verde solidifica sobre la pared, los pintores se preparan para su siguiente paso. Abren botes de pintura de distintos colores y toman brochas y pinceles en sus manos. Bajo la mirada del individuo que porta la pistola ametralladora se separan en dos grupos de trabajo. En la parte izquierda inferior del mural empiezan a tomar forma las figuras de tres acólitos. Visten camisa, pantalón y zapatos blancos. Tres fantasmas sin cabeza. Arrodillados cruzan las manos sobre el pecho, sumisos, en éxtasis

- Gato, esos ya recibieron el mensaje supremo … Los atrapó la habladera del hipopótamo … ¡Su Revolución vive!

Pegado contra su pared, siempre al amparo de la oscuridad, Ángel medita triste. 'Y el número de hombres impasibles crecerá y crecerá sobre la tierra … No quiero ser uno más … Escapo viendo esto.' En la parte derecha inferior del mural irrumpe la figura de un dragón. 'Sacado de un cuento de hadas.' El animal observa a los tres acólitos sin cabeza arrodillados. Incrédulo, en su fiereza, trata de entender lo que está pasando. '¿What do you think my friend? ¿Puedes decirme lo que ocurre?'

Una vez terminadas las figuras, los pintores dibujan varios símbolos en la parte superior del mural. Sobre los tres acólitos trazan tres líneas negras horizontales. Las líneas negras tienen la misma longitud, corren paralelas unas con otras, pero no comienzan en el mismo punto en el eje horizontal del mural. Una estrella negra de cinco puntas aparece sobre la figura del dragón. Eso es todo, el mural está terminado. Satisfechos con su obra los pintores empiezan a guardar sus utensilios y botes de pintura en la camioneta. Tras cargar el vehículo, se introducen en el rápidamente. El último en montarse es el individuo que maneja la pistola ametralladora.

La camioneta echa a andar y se aleja usando la ruta por donde vino.

El silencio y la soledad vuelven a apoderarse de la avenida. Pero un cambio importante ha ocurrido. Detrás del contenedor de basura hay movimiento.

- ¡Mira esa vaina Gato! … Hoy nos han dibujado a un dragón.
- Cada vez pintan algo distinto. Y todas las noches nosotros somos los primeros que ven el mural.
- Mañana cuando salga el sol esto se va a llenar de gente.
- ¿Lo bautizamos como ya es costumbre?
- Siii, vamos a dejar que las bichas hablen. Eso sí, métele plomo solo a los tres pendejos que no tienen cabeza. No toques al dragón.

Ángel ve como los dos jóvenes se separan del contenedor de basura. Uno es de estatura mediana, gordo, lleva en su mano derecha un revolver enorme. El otro es alto, flaco, porta en su mano izquierda una pistola semi-automática de tamaño normal. Los dos atracadores cruzan la avenida con paso firme. Al llegar cerca del mural levantan sus armas y empiezan a disparar contra los acólitos.

Los fogonazos y detonaciones de los disparos inyectan terror en el alma de Ángel. Haciendo un esfuerzo pone su cuerpo en movimiento. 'Las hienas están lejos es hora de irse … Mañana la gente del gobierno va a volver a pintar su propaganda alabando al ser supremo … Y esta historia se va a repetir.' El muchacho se separa de la pared y cuidadosamente empieza a caminar de vuelta por la callejuela que lo llevó a la avenida. No sabe a dónde va, pero está alegre, es como si hubiera estado enterrado y acabara de resucitar.

RITA MARÍA, LED ZEPPELIN Y
LOS WELSER

Los hombres tenemos una visión del amor y el comportamiento femenino que a veces puede parecer extraña. De eso me di cuenta un día en que el sol brillaba en un cielo completamente azul. Esa mañana en un auto viajábamos cuatro personas: Enzo conducía, el Chuo le hacía compañía en la parte delantera, y en el asiento trasero íbamos Rita María y yo. En medio de un tráfico denso nos trasladábamos hacia la universidad donde estudiábamos. La conversación de los cuatro transcurría con toda normalidad, hablando de diversos problemas asociados con nuestras clases, hasta que al Chuo se le ocurrió la idea de colocar en el CD player del auto un nuevo álbum que había comprado de Led Zeppelin. La banda de rock se había separado hacia más de veinte años, en 1980, pero recientemente habían descubierto las pistas con la grabación de un par de conciertos realizados en 1972 cuando Led Zeppelin estaba en pleno esplendor y gloria.

Hay que decir que el Chuo nunca compraba música, siempre la pirateaba o fusilaba de algún sitio, pero en este caso se compró el nuevo álbum de Led Zeppelin. Según él la joya del nuevo álbum era una versión de 23 minutos de Whole Lotta Love. Ni más ni menos. Así los presentes en el auto fuimos pulverizados por la guitarra de Jimmy Page, la batería de John Bonham, el bajo de John Paul Jones y los juegos vocales de Robert Plant. Un riff de guitarra de Page nos transportó a otra dimensión. Todos quedamos maravillados con el poder de la música, era claramente algo fuera de lo normal. Al Chuo le dio por ponerse a cantar trozos de la letra original de Whole Lotta Love: … Woman you need cooling … Waydown inside woman you need love … I'm gonna give you every inch of my love … Ahí fue donde el lado feminista de Rita María saltó. Con una sonrisa nos dijo que veía en la letra de la canción una cosificación del cuerpo femenino que estaba siendo reducido a un objeto que solo buscaba o daba placer.

Obviamente Enzo, el Chuo y yo saltamos en defensa de Robert Plant y Led Zeppelin. Para nosotros no existía la menor duda de que al sujeto femenino en la canción se le estaba haciendo un favor. Enzo argumentó utilizando su famosa teoría de las tres C's: cabeza, corazón y clítoris. Para él, las tres C's eran inseparables, si se satisfacía a una C, las otras dos C's automáticamente recibían beneficio. En conclusión: no existía motivo de queja. Rita María replicó que en la canción jamás se mencionaban a la cabeza y el corazón de la dama, sólo se hacía alusión a una C, la del clítoris, y la búsqueda del placer sexual.

El Chuo entró de lleno en la discusión. Rechazó toda interpretación de la canción en términos puramente físicos o corpóreos, no se debía ligar las palabras de la letra a partes específicas del cuerpo femenino o masculino. El Chuo pedía más. Para él la canción se derivaba de un viejo blues de Willie Dixon: You Need Love. Por consiguiente, había que tomar en cuenta tanto su feeling como su contenido espiritual. Rita María al oír esto ni pestañeó, simplemente le dijo al Chuo que 'si alguien necesitaba ejemplos de canciones machistas lo único que tenía que hacer era copiar letras de los blues americanos'.

Así llegó mi turno de argumentar. Adopté una posición pragmática. Le hice saber a Rita María que en la década de 1970, Whole Lotta Love fue la canción emblemática de Led Zeppelin hasta que grabaron su célebre Stairway to Heaven. Una multitud enorme de mujeres asistió a los conciertos de Led Zeppelin con la esperanza de que uno de los miembros de la banda les dijera: waydown inside woman you need love, I'm gonna give you every inch of my love. '¿De quién era o es el problema?' pregunté. Por varios segundos, Rita María no dijo nada. Yo pensé que había ganado la discusión.

Pero Rita María no se dio por vencida. No podía perder. Del morral donde llevaba sus textos y materiales de estudio sacó cuatro hojas de papel y me las dio. Contenían la fotocopia de la traducción al español de una carta escrita por un tal Titus Neukomm. La misiva iba dirigida a su madre Elisabeth y a su hermano Joaquín. ¡Exhibía la fecha del 6 de septiembre de 1535! Miramos a Rita María incrédulos.

Ella nos explicó el origen del documento que tenía en mis manos. La carta se remontaba a la época de la conquista y colonización de América por Europa. A principios del siglo dieciséis, los Welser, una familia de comerciantes y banqueros alemanes, recibieron de Carlos I, Rey de España, los derechos para explorar y explotar una región que hoy día forma parte del occidente de Venezuela. Titus Neukomm trabajaba para los Welser. En la carta le contaba a su familia sus vivencias en el Nuevo Mundo. En un pasaje de la epístola, subrayado por Rita María, describía un encuentro entre los nativos y europeos:

> …. Los indios recibieron a los cristianos con amistad y les dieron o vendieron lo que ellos tenían de maíz y comida. Y al tiempo que los cristianos quisieron volver, cogieron algunas bonitas mujeres de los dichos indios para llevarlas consigo. Entre ellos estuvo también mi amigo Ulrich Sailer, quien tomó una.

'¿Quién les preguntó a las mujeres indígenas si querían o no querían ser un objeto de placer?' comentó Rita María mirándonos. 'Mucha espiritualidad cristiana pero al final se las llevaron como si fueran bichos' le dijo al Chuo. '¿Cómo se aplica la teoría de las tres C's en este caso?' le preguntó a Enzo. Silencio y más silencio. Ni Enzo, ni el Chuo, ni yo supimos que decir.

MANERAS DE VIVIR

¿Dónde los errantes libres en este
mundo? Por todas partes el hombre
mismo es estorbo peor para su
destino.

Luis Cernuda

No sé si estoy en lo cierto,
lo cierto es que estoy aquí,
otros por menos han muerto,
maneras de vivir.

Rosendo

Vender, o no vender, ese es tu dilema. Cruzas la puerta del bar-café. La brisa de la tarde da sobre tu cara. Tus ojos se adaptan a la luz del sol. Ante ti tienes una vista parcial de la Plaza de San Jerónimo. Necesitas distracción. Tienes casi una semana tratando de decidir si vendes o no una parcela de terreno compartida en sociedad con tu hermano. Es una herencia familiar. La parcela está localizada en una zona en expansión de la ciudad. Tu hermano la quiere vender para poder casarse. A ti la idea no te atrae. Le tienes cariño a ese trozo de tierra por ser un regalo de tus padres. Además, su venta va a ser complicada.

La parcela limita con una zona verde de la ciudad. Hay que dar un soborno. El Concejal del Ayuntamiento que maneja los permisos de venta de terrenos quiere un 15% del valor de la parcela para él. Tu hermano aceptó pagar. ¡Es un hombre enamorado! A ti la tajada del Concejal te parece excesiva. ¿Qué motiva a toda esa gente activa dentro de la Plaza? Tu cuerpo se pone en movimiento, empiezas a recorrer la Plaza de San Jerónimo.

Con cuidado evitas pisar los excrementos, huellas de vida, que han dejado pájaros y perros sobre el cemento que cubre parte del suelo de la Plaza. Tres, dos, cinco. A tu izquierda hay un jardín. Sobre la grama, a la sombra de unos olmos, descansa un grupo de personas. Te acercas a ver lo que hacen. La mayoría son jóvenes de entre 15 y 20 años. ¿Estudiantes? Miras a tu alrededor. En las cercanías de la plaza divisas la fachada de un college. Los jóvenes rodean a un hombre ya maduro que viste un viejo traje marrón de dos piezas con camisa blanca y corbata negra. Un profesor. Habla entusiasmado:

- … Para nosotros hoy día es difícil de entender el impacto que causó la física cuántica cuando el hombre descubrió su existencia a comienzos del siglo veinte. Dentro de la física clásica, la idea de que un electrón podía exhibir las propiedades de una partícula o una onda era inconcebible. ¿A ustedes no les molesta la idea de que el electrón pueda ser al mismo tiempo dos cosas diferentes?

Es una clase de física al aire libre. No sabes que

responder a la pregunta del profesor. En ese momento tu mente está atrapada en un dilema de otro tipo. Un muchacho sentado sobre la grama al lado de dos muchachas trata de impresionarlas:

- Profesor, si una persona puede ser al mismo tiempo dos cosas completamente opuestas, ¿por qué un electrón no puede ser simultáneamente una partícula y una onda? Yo no lo veo extraño.

- Una observación interesante Miguel. En el mundo macroscópico es evidente la diferencia entre una partícula y una onda, pero el electrón es un ente microscópico, subatómico. Muchos experimentos han demostrado la doble naturaleza del electrón. Esta dualidad partícula-onda puede provocar situaciones o fenómenos que son difíciles de entender utilizando nuestro sentido común o experiencia cotidiana. ¿Cuántos aquí han oído hablar de la paradoja del gato de Schrödinger?

Tú no. O quizás sí, pero desde entonces ha pasado mucho tiempo y ya no recuerdas quien fue Schrödinger o si tenía un gato. Miras hacia donde está el grupo de estudiantes. Ninguno da una respuesta afirmativa. El profesor prosigue:

- El gato de Schrödinger es probablemente la paradoja más popular de la física cuántica. Fue propuesta por Erwin Schrödinger, un

Premio Nobel en Física, en el año 1935. Es un experimento, un ejercicio, mental. Imagínense a un gato encerrado dentro de una caja sellada y completamente opaca. En el interior de la caja, además tenemos un cañón de electrones situado en frente de un detector conectado a un martillo que al caer rompe una botella llena de gas venenoso. Si un electrón da sobre el detector, se activa el mecanismo rompiendo la botella con gas venenoso y el gato muere al inhalarlo. La lógica de nuestro mundo cotidiano, macroscópico, nos dice que el gato puede estar vivo o muerto dentro de la caja. Pero las leyes de la física cuántica son diferentes. El electrón que disparamos del cañón al detector es al mismo tiempo partícula y onda. Puede salir disparado como una bala, dando en el detector y provocando la muerte del gato. Pero al ser una onda, el electrón también puede tomar un camino contrario al detector, dejando vivo al gato. Según las leyes de la física cuántica el gato esta simultáneamente vivo y muerto. ¿Qué opinan de esto?

Otra vez nadie responde. Los estudiantes se miran unos a otros sin decir palabra. Te olvidas del dilema de vender o no vender tu parcela de terreno. Sientes que estás ante una revelación trascendental. El profesor reanuda la clase:

> \- Ahora bien, al abrir la caja, vamos a encontrar al gato vivo o muerto. ¿Qué ha pasado? Al interaccionar el sistema con nosotros, el mundo macroscópico, forzamos una realidad y el gato no puede estar simultáneamente vivo y muerto. O lo uno o lo otro. En 1957, Hugh Everett, otro físico, propuso una interpretación de ésta paradoja de la cuántica. Para Everett, el gato está siempre vivo y muerto: el gato vivo y el gato muerto habitan en dos ramas del universo que son igualmente reales pero nunca interaccionan la una con la otra … Formen grupos de trabajo y analicen lo que he dicho.

¿Simultáneamente vivo y muerto? ¿Dos ramas del universo que son igualmente reales pero nunca interaccionan entre ellas? Gracias a Dios tú no eres un alumno en esta clase de física. Ves como los estudiantes se agrupan. Oyes lo que hablan. Algunos utilizan argumentos matemáticos que no puedes seguir. ¡That is life! Pero no todos están interesados en las complejidades de la física cuántica y la paradoja del gato de Schrödinger. Una muchacha y un muchacho se alejan hacia una fuentecilla localizada a unos diez metros de donde tú estás. Van tomados de la mano. El profesor de la clase observa cómo se separan del resto de los estudiantes. No lanza al aire ninguna queja o reclamo. Conoce bien la magnitud de la fuerza que junta al muchacho y la muchacha. '¿Un primer amor?' te preguntas.

Sonríen al verse a los ojos. Se tocan como si en sus cuerpos existiera toda la esencia vital del universo. Parecen estar en éxtasis. Tu mente te juega una mala pasada. Coloca a tu hermano en el lugar que ocupa el muchacho. Es claro que no puede vivir sin ella, tiene que casarse. ¡Mon Dieu! Ahora va a resultar que tú eres el malo de la partida: el tonto sentimental que no quiere vender el trozo de tierra que le dejaron sus padres o el tipo duro que se niega a darle al Concejal del Ayuntamiento la tajada que pide por la venta del terreno. Decides que no puedes permanecer más tiempo en el lugar donde estás parado. Tu cuerpo entra nuevamente en movimiento.

El pasillo por donde caminas da al corazón de la Plaza. Éste tiene forma de circunferencia. En el centro se ve una estatua en bronce de San Jerónimo. Te impresiona por su solemnidad. Hace más de dos siglos, cuando construyeron la Plaza, a alguien se le ocurrió colocar la estatua en ese lugar para que el santo teólogo iluminara al mundo con su sabiduría. ¿Qué diría San Jerónimo de tu dilema? ¿Qué opinaría de la paradoja del gato de Schrödinger? Lees unas palabras escritas en la base de la estatua: *Gloria in excelsis Deo et in terra pax hominibus bonae voluntatis*. Nada, no te dicen nada. No sabes latín.

Examinas el perímetro de la circunferencia que es el corazón de la Plaza. En un costado hay una caseta de venta de comida. Mama Isabel. Es famosa por sus empanadillas de carne. Más allá, a unos quince metros, está el puesto de trabajo de un dibujante o retratista. Tiene a varias personas a su alrededor. Tu cerebro organiza un itinerario: primero ver lo que hace el dibujante, después probar un par de empanadillas, y luego a casa.

El dibujante está sentado cómodamente en una silla de mimbre. Delante tiene un caballete que sostiene el papel donde traza retratos en creyón. Le estimas unos cincuenta años de edad. En su cabello y barba rubios se ve un buen número de hebras de color blanco. Viste con sobriedad un pantalón de tweed gris claro con una camisa de seda azul. Algo en sus gestos indica que es una persona culta. Debajo de la silla donde está sentado, al lado de un conjunto de lápices de color, ves un viejo libro titulado La Cultura del Renacimiento. El hombre dibuja el retrato de una señora y un niño sentados inmóviles en un par de taburetes. Con trazos precisos capta sobre el papel los rasgos esenciales de los dos seres que tiene en frente de él. Su trabajo merece la admiración que despierta en las personas paradas a su alrededor.

Le notas una cierta tendencia a alargar el cuerpo y los rostros de los retratados. ¿Un truco óptico? Su técnica te hace recordar a un antiguo pintor de siglos atrás. Haces memoria. El antiguo artista, un tipo extravagante, se hizo famoso pintado entierros y martirios de santos. Sus figuras muchas veces tenían un carácter fantasmagórico. Vivía en la ciudad de Toledo en España … No, no das recordado su nombre. Lo tienes en la punta de la lengua, pero no termina de caer. Decides relajarte y disfrutar del trabajo del maestro. Siempre te ha fascinado la habilidad que tienen algunos seres humanos para representar el mundo en un pedazo de papel, un lienzo o una pared. Esto es arte.

¿Y si le pides al maestro un retrato para regalárselo a tu hermano en lugar de vender la parcela de terreno? No, esa no es la solución a tu dilema. Sería una broma de mal gusto. Concéntrate … Notas algo curioso. El dibujante, al mismo tiempo que ve hacia donde están la mujer y el niño que está retratando, observa de reojo a un par de hombres parados al lado de la caseta donde venden comida. El mismo gesto una y otra vez. Es difícil captarlo, pero está ahí. Por una fracción de segundo, cuando el dibujante ve de reojo a los dos hombres parados en el expendio de Mama Isabel, su cuerpo se llena de terror. ¿A que le teme? Desde donde estás no observas nada extraño. Los dos supuestos enemigos parecen seres completamente inofensivos. Intrigado decides investigar. Ha llegado el momento de ir a probar las empanadillas de carne.

Lentamente caminas hacia el expendio de Mama Isabel. Al acercarte un dulce aroma a comida te atrapa. Lo ignoras y examinas en detalle a los dos hombres parados al lado de la caseta. Uno de ellos, el más joven y de menor estatura, viste pantalón kaki con una franela negra. Una cartera o bolso de cuero cuelga de su hombro derecho. Su cabello pardo oscuro está casi completamente rapado al estilo militar. En la parte de abajo de la mejilla izquierda tiene una fea cicatriz. ¿Un corte de cuchillo? Al verte el hombre te guiña un ojo y te invita a comer una empanadilla. El otro hombre viste camisa y pantalón de denim azul con un cinturón y botas de cuero. Un cowboy junkie. Sobre sus hombros y espalda luce una chaqueta marrón amplia de corte a media pierna. Lleva su larga cabellera de color castaño recogida en una coleta. Está conversando animadamente con la dueña del expendio de comida. Toma notas sobre un trozo de papel. Te acercas e intentas oír de qué hablan:

- Lo esencial está en el guiso de la carne – comenta la mujer. Dígale a su señora que lo haga con los ingredientes que le di. Yo por lo general preparó el guiso con la carne la noche antes de hacer las empanadillas y lo dejó en una nevera reposando.
- ¿Y cómo fríe las empanadillas? – pregunta el hombre mientras toma notas.
- ¡Nada de freír! – precisa la mujer. Su señora tiene que cocerlas al horno. El jugo del guiso ayuda a cocer la masa lentamente y le da un sabor especial. Si quiere freír las

empanadillas no use aceite, le puedo recomendar una manteca especial que no las llena de grasa.

\- No, no, no. Al horno serán hechas. Hay que prepararlas de la manera correcta.

Satisfecho el cowboy junkie guarda el trozo de papel con sus notas en el bolsillo inferior izquierdo de su chaqueta. El movimiento hace que la chaqueta oscile y por un instante la tela en el exterior del bolsillo inferior derecho adopta la forma de una pistola. Te asustas, no puedes evitar ver hacia donde está el dibujante, pero la actitud de los dos hombres parados cerca de ti es, sin lugar a dudas, amigable. Hablan relajadamente sobre los distintos tipos de empanadillas que han saboreado en sus andanzas por el país. Cada región, cada pueblo, tiene su forma especial de hacerlas. Una muestra de la creatividad humana.

Le pides una ración mediana de empanadillas a la dueña de Mama Isabel. Pruebas una. ¡Uuhhh! … Algo fuera de lo normal. Comes otra. Se te ocurre la idea de montar un kiosco de venta de empanadas. Tu hermano no cocina, pero su novia es buena cocinera. Si el kiosco produce dinero suficiente se podría evitar vender la parcela de terreno. Por supuesto, el kiosco habría que montarlo en otra parte de la ciudad, lejos de la plaza de San Jerónimo, aquí sería imposible competir con Mama Isabel. Estás considerando la logística de tal negocio cuando observas la llegada al corazón de la Plaza de un grupo de hombres.

Son cuatro. En su vestimenta predomina el negro. Chaquetas, gorras y lentes oscuros. Atuendos seleccionados para dar anonimato e intimidar. Cuatro miembros de un gang. Rinos. Es extraño verlos a media tarde y en un lugar público. Algo ha hecho que salgan de su hábitat natural. Se detienen a unos metros de donde está el dibujante. El maestro trabaja el retrato de un anciano, trata de ignorarlos. Ellos no parecen tener prisa. Hablan y bromean. Se sienten seguros. Probablemente están armados. 'Simultáneamente vivos y muertos' te dices.

Los dos hombres parados al lado de la caseta de Mama Isabel intercambian miradas. El que tiene la cicatriz en el rostro se despide y aleja caminando sin prisa. Evita cruzarse directamente con los cuatro Rinos recién llegados. Camina a sus espaldas dándole la vuelta a la circunferencia que marca el centro de la Plaza. Su compañero, el cowboy junkie, pide otra ración de empanadillas y te invita a comer con él. Su gesto te tranquiliza. Él y la dueña de Mama Isabel se enfrascan en una conversación analizando las ventajas y desventajas de la carne y el queso a la hora de rellenar empanadillas. Tu mente trata de absorber la mayor cantidad posible de información. Cada vez consideras más factible la posibilidad de montar un kiosco de empanadillas, sería la solución a tu dilema. Sí, tu hermano, su novia, y tú podrían ser socios. Un grito te toma por sorpresa cortando tus pensamientos. Palabras en voz alta:

-   "Greco" deja de dibujar … ¿Dónde está la camioneta con el dinero?

Asustado rotas tu rostro hacia donde está el dibujante. Los cuatro Rinos lo han acorralado. Sacan sus armas. ¡Dos disparos al aire! El dibujante queda paralizado por el terror. La gente abandona presurosa la Plaza. Dentro del expendio de comida la dueña no sabe qué hacer. No puede abandonar la caseta, ha trabajado duro, todo lo que tiene de valor está ahí. Llena de miedo se echa al suelo. Identificas una ruta de escape. Tus piernas no se mueven. '¡Mierda!' El cowboy junkie nota tu predicamento. Sin decir palabra da media vuelta y con pasos lentos se encamina hacia el lugar donde se encuentran el dibujante y los Rinos. En su mano izquierda lleva una empandilla, la derecha se mueve libre en el aire a la altura del bolsillo inferior derecho de su chaqueta. Observa a los cuatro Rinos que tiene delante. A sus espaldas, sin que ellos lo noten, el hombre con la cicatriz en una mejilla ya está listo para entrar en acción. De la cartera de cuero que cuelga de su hombro derecho extrae una escopeta automática con cacha y cañón recortados.

-   Señores mejor nos dejamos de tonterías. Cada quien se va para su casa y aquí no ha pasado nada – sugiere el cowboy junkie moviendo la empanadilla en su mano izquierda con un gesto cordial, no quiere problemas.

- Vaya con el pendejo … ¿Tú quién eres? ¿Y a ti quién te ha dado vela es este entierro? – pregunta el jefe de los Rinos.
- Teniente de policía Ignacio José Malpica, Fuerzas Especiales.

Abres tus ojos perplejo al oír la revelación. Los cuatro Rinos tratan de disparar contra el policía que tienen en frente. Eso los sentencia. La escopeta del segundo policía comienza a funcionar. Vomita fuego. Al sentir los perdigones en sus espaldas los Rinos tratan de volverse. El cowboy junkie saca de su chaqueta una pistola semi-automática y la deja hablar por él. Ante tus ojos tienes una matanza. El tiroteo solo dura unos segundos. Al final cuatro hombres yacen sobre el suelo de la Plaza. Ves como la sangre sale de sus cuerpos y cubre el cemento. Pistola en mano el cowboy junkie se aproxima al dibujante. Éste está de rodillas. Lagrimas brotan de sus ojos.

- "Greco", buen artista, mal ladrón. ¿Qué has hecho esta vez? … ¿Dónde está esa camioneta llena de dinero?
- Ignacio José … No me mates … Sí, Mariano, Luis y yo nos robamos la camioneta, pero no sabíamos lo que iba adentro. ¡Te lo juro! … Mariano vio que todos los viernes por la tarde la camioneta

salía de la zona portuaria hacia el centro de la ciudad. Nos imaginamos que cargaba algún tipo de contrabando metido con la ayuda de la gente de la aduana … ¿Cómo íbamos a saber que en la camioneta llevaban dos millones y pico de dólares pagados como soborno al Instituto de Puertos? ¡Imagínate eso! … Al ver el dinero nos dimos cuenta de lo que habíamos hecho y abandonamos la camioneta. ¡Te lo juro! … Ignacio José no me mates.

El policía vuelve a colocar la pistola dentro de su chaqueta. Con desgano mira la empanadilla en su mano izquierda. La deja caer al suelo.

- En tremendo rollo te has metido "Greco". Estos cuatro de alguna manera se enteraron de tu participación en el robo de esa camioneta. Mientras ese montón de dinero exista tu vida no vale nada. Tienes que desaparecer por un tiempo y hacer que esos dos millones y pico de dólares también desaparezcan.

- ¿Cómo? … Es mucho dinero Ignacio José.

- No sé. Ese es tu problema … ¿Quién necesita ese dinero? … Pon a correr un rumor, dile a la gente de los barrios pobres donde está la camioneta con el dinero proveniente de los sobornos. Entre todos, ellos pueden tomar el dinero y darle un buen uso. Desaparecerlo. Que se sepa que tú ya no lo tienes. Ahí está tu salvación.

El dibujante se incorpora y echa a correr hacia la parte de la ciudad donde están los barrios marginales. Una vez más observas a los cuatro hombres tirados sobre el suelo de la Plaza. Solo uno de ellos se mueve. Te das cuenta de lo que es la realidad. En la rama del universo en que tú habitas, el gato de Schrödinger está muerto, también lo están tres de los cuatro atacantes, y tú vas a vender la parcela de terreno que te dejaron tus padres porque la vida es corta y hay que disfrutarla.

UN PAPAGAYO

<blockquote>
Quiero hacer un papagayo volador multicolor, para remontar las nubes y llegar donde está Dios

Serenata Guayanesa
</blockquote>

La cometa volaba majestuosamente en un cielo azul. Subía y bajaba remontando las corrientes de aire o dibujaba figuras con giros espectaculares. El cuerpo central del papagayo tenía forma de rombo y medía dos metros de largo por uno y medio de ancho. Estaba cubierto con un material flexible cuyo color cambiaba de dorado rojizo a rojo naranja dependiendo de cómo lo impactara la luz del sol. Alrededor del cuerpo central aparecía una guirnalda, también en forma de rombo, adornada con infinidad de pequeñas tiras de un plástico de color negro. Una larga cola de tela negra sobresalía en la parte inferior del papagayo. El diseño de la cometa le permitía adoptar un vuelo elegante y equilibrado o zambullirse en el aire para dibujar figuras de distintas formas y colores. Era imposible ignorar su presencia. Ese día la vida de cuatro personas cambió al ver el vuelo imponente del papagayo.

En una plaza cercana, Yosslen García, un muchacho de 19 años de edad, hacia su rutina diaria de bailarín callejero. Lo apodaban el Rey del Reguetón. Vivía en un barrio marginal y le fascinaban la danza y el ballet clásicos. No tenía trabajo fijo. Para poder comer y pagarse los estudios en una escuela de ballet recolectaba dinero bailando reguetón en las calles de la ciudad. Ese día su cuerpo musculoso y elástico ondulaba una vez más al ritmo de la música. Un buen número de personas lo observaba. A su derecha había un par de mujeres ya maduras. Venían casi todos los días a verlo. Parecían transeúntes corrientes, aunque Yosslen sabía muy bien a lo que se dedicaban. Uno de sus amigos trabajaba para ellas. Administraban un servicio de citas y escoltas para clientes femeninas. Recorrían las calles en busca de hombres jóvenes. Yosslen siempre las había ignorado pero ese día su mundo se vino abajo.

Al ver el papagayo volando imponente en el cielo azul, Yosslen se sintió pequeño, infinitamente pequeño. No valía para nada. Maldijo su suerte. ¿Hasta cuándo iba a seguir haciendo la misma rutina por unas cuantas monedas de dinero? ¿Adónde iba por ese camino? ¿Por qué no podía ser como ese papagayo? Miró a las dos mujeres maduras que tenía a su derecha, por primera vez les sonrió. Empezó a bailar para ellas. Todos en la plaza se dieron cuenta de su cambio de actitud. Esa noche durmió con una de las mujeres. Después vinieron citas y contactos. Ganó dinero. Se mudó de su barrio marginal a un buen apartamento en la ciudad. Una de sus nuevas conocidas, que tenía conexiones en el mundo de la cultura, le consiguió un puesto como aprendizestudiante en el Ballet Nacional. Dejó de ser el Rey del Reguetón y se transformó en un bailarín decente, triunfó, pero nunca se atrevió a volver a la plaza, a ese lugar donde su vida cambió.

Fermín Odriozola, un adolescente de 14 años de edad, paseaba el terrier de su madre en un parque. Al ver la cometa volando en el cielo quedó maravillado. Sus ojos no se daban separado de tal prodigio. ¿Por qué él no podía ser libre como ése papagayo? Siempre recibiendo órdenes. Fermín saca a pasear al perro. Fermín no te olvides de estudiar. Fermín no seas arisco con la gente. ¡Sonríe! Fermín debes ayudar a tu hermana con sus tareas. Fermín no veas tanta televisión. Fermín, ¿por qué te pasas tanto tiempo en el cuarto de baño? ¡Enderézate! Si él pudiera subir al cielo, seria libre, atrás quedarían todos aquellos que lo molestaban con sus órdenes. Allá arriba estaba la libertad. Ese día, viendo al papagayo, decidió que iba a ser piloto de aviones. 'Volare y volare'.

El adolescente despreocupado desapareció. Con ahínco se dedicó a estudiar y a preparar su físico para entrar en la Escuela de Aviadores. Se hizo amigo de las matemáticas y la gramática. Pasó largas horas en el gimnasio desarrollando su cuerpo. Tenía que crecer y crecer. Casi lo logró. El día del examen de admisión para la Escuela de Aviadores le notificaron que sus notas académicas eran excelentes, pero le faltaban 1,2 centímetros de estatura para alcanzar el mínimo requerido. Desesperado le pidió ayuda a su padre. Él podía usar sus influencias para que lo dejaran entrar en la Escuela. Su padre se negó rotundamente a ayudarlo. 'No, nada de eso, tú no puedes ser piloto de aviones' le dijo. Debía estudiar una profesión con prestigio. ¿Qué hacer? Optó por estudiar arquitectura. Y años después se vengó. Se dedicó a diseñar estructuras que se proyectaban hacia el cielo, 'hacia el lugar donde está la libertad'.

En un edificio localizado en las inmediaciones de la plaza y el parque, se encontraba Maite Aguilera, una joven de 23 años de edad. A través de la ventana de su habitación, en el apartamento que compartía con su familia, observaba cautivada las piruetas que hacia el papagayo en el cielo. Sobre la mesa del escritorio donde estaba sentada había una carta de amor de su novio, Román. La había recibido esa mañana por e-mail. Ella y Román se habían peleado el día anterior. Fue una discusión terrible. Román era demasiado mujeriego. Una amiga de ella lo había cazado en un centro comercial 'viendo culitos' y tratando de ligar con la camarera de un café. Román lo negó todo. En su carta prometía amor y fidelidad. ¿Por qué conformase con un tipo como Román?

Observando al papagayo, Maite tomó una decisión. 'No, lo siento, se vive sólo una vez'. Rompió con Román y desde ese día se concentró en su carrera. No más aventuras amorosas. Terminó su Licenciatura en Ciencias Empresariales, estudió

Ingles, y se fue a los Estados Unidos a hacer un M.B.A. Al terminar sus estudios tuvo la suerte de conseguir trabajo en una transnacional famosa. Viajó por el mundo. Una noche, rodeada por la soledad de un cuarto de hotel en Denver, se preguntó si era feliz, recordó el día en que vio al majestuoso papagayo y rompió con Román. ¿Había sido demasiado cruel con 'el pobre Román'? Después de todo, Román siempre la había recibido con una sonrisa y tenía un sentido del humor increíble. 'C'est la vie' murmuró y se echó a llorar.

El papagayo continuó sobrevolando la ciudad. Poco a poco, empujado por un viento del nordeste, se fue acercando al Palacio de Gobierno. En la muralla que rodeaba al Palacio, el sargento Robinson Carmona-Garcés estaba de guardia. Tenía 31 años y era el mejor suboficial en el batallón de elite encargado de proteger el Palacio de Gobierno. Al ver el papagayo dio la voz de alarma. Cuatro días antes, el Presidente de turno había anunciado en una rueda de prensa la existencia de un plan para asesinarlo. Miembros de la oposición planeaban un magnicidio y para impedirlo necesitaba el apoyo del pueblo. Los jefes de la oposición rechazaron la existencia de tal plan, todo era una farsa montada para tapar el mal desempeño del gobierno.

Años de entrenamiento en operaciones militares le indicaron al sargento Carmona-Garcés como debía proceder. Sabía que los cometas habían sido inventados en la antigua China y que podían ser usados en acciones bélicas. 'Estos artefactos son utilizados en las luchas del Medio Oriente' pensó. El sargento tomó un fusil he hizo cuatro disparos al aire. Nada. El papagayo no se detuvo o cambio su trayectoria. Empujado por el viento del nordeste seguía avanzando hacia el Palacio de Gobierno. Carmona-Garcés se llevó un par de binoculares a sus ojos. A través de los lentes observó la guirnalda localizada alrededor del cuerpo central del papagayo. '¿Explosivos listos para ser detonados a control remoto?' se preguntó. No podía correr riesgos. Dio orden de que trajeran una bazooka especial para acciones tierra-aire.

El papagayo empezaba a rotar hacia su lado izquierdo para desviar su curso cuando fue virtualmente vaporizado al contacto con un misil tierra-aire. La explosión fue oída en toda la ciudad. A los pocos minutos el gobierno emitió un comunicado notificando a la ciudadanía sobre un ataque abortado contra la vida del Presidente. Robinson Carmona-Garcés se convirtió en un héroe. Eventualmente fue condecorado y promovido al rango de sargento mayor. Su familia recibió una vivienda como premio a su alto sentido del deber.

El gobierno nunca aclaró quién había estado detrás del intento de magnicidio. De hecho, la gran mayoría de los habitantes de la ciudad jamás se enteró de que el papagayo que ellos habían visto volando majestuosamente en el cielo y el que fue destrozado en las cercanías del Palacio de Gobierno eran uno y solo uno. En los días que siguieron al intento de magnicidio, muchas personas salieron a la calle con la esperanza de ver volar al fabuloso papagayo.

EN LA JUNGLA

Tome nota … No deje escapar ningún detalle. Aquí no hay nada que ocultar. Su patrón va a necesitar esos apuntes. Hubiera preferido tratar directamente con él. Pero entiendo que es un empresario ocupado, con negocios fuera y dentro del gobierno. Un pulpo materialista involucrado en todo tipo de actividades comerciales, legales algunas, ilícitas otras, siempre ganando dinero … ¡No ponga esa cara! … Yo sé bien con quien estoy tratando. Él lo envió a usted como intermediario, quiere dar la impresión de que esto ni le va ni le viene, pero se muere por adquirir lo que yo ofrezco … ¡Y yo necesito vender! Tengo 78 años. Mi tiempo sobre este planeta se acaba, me voy como se van las junglas de la Amazonía, y antes de morir tengo que hacer algo bueno … ¡No me venga con pendejadas! … Aquí no estamos hablando de montar puteros de lujo o casinos en Manaos. Se trata de construir un hospital para gente necesitada. Eso se lo debo a la memoria de mi abuelo, Vinicio Soares-Moncada.

¿Por dónde empezamos la negociación? Dígame lo que quiere saber su patrón … Para entender la magnitud de lo que les estoy ofreciendo, hay que remontarse hasta el año 1913. En mayo de ese año, Tomás Funes al mando de una montonera de insurrectos, lo que en realidad era una banda de maleantes, atacó la ciudad de San Fernando de Atabapo, mató al gobernador, y tomó el control absoluto de la Amazonía venezolana. El hombre no era un caudillo primitivo, sabia de letras y números, conocía muy bien los tejemanejes del negocio del caucho, y con mil artimañas y sangre se mantuvo en el mando de esa región por ocho años. Las autoridades que ejercían el poder central en Venezuela, Colombia y Brasil nunca lo molestaron … Sí, ese bicho contaba con el apoyo de compañías estadounidenses y europeas dedicadas a la explotación del caucho … OK, si usted y su patrón quieren ver a Funes como un producto típico del colonialismo, yo no tengo ningún problema.

Al territorio controlado por Funes le dieron el nombre de Republica de Rio Negro, y a él lo conocían como el Diablo o Terror del Amazonas … No, su fama de tirano sangriento no era una exageración … Hacia el final de su mandato, mataba a todo aquel sospechoso de ser su enemigo, los alrededores de San Fernando de Atabapo hedían con los cadáveres que se descomponían al aire libre. Asesinó a casi 500 personas para apoderarse de sus bienes. Creó una red de abastos, bares y garitos atendida por sus esbirros. Nadie sabe con exactitud el número de indígenas que fueron reducidos a la esclavitud para trabajar en sus plantaciones de caucho.

Ese bicho acumuló una fortuna enorme. Él no tenía las facilidades bancarias de las que dispone su patrón hoy día a la hora de mover dinero … Ya le dije que yo sé muy bien en lo que andan ustedes …

¿Por qué tiene que mencionar mis escapadas con putas en Caracas o París? … Si yo fui una máquina de quemar dinero, eso sucedió hace más de veinte años, cuando era joven. Pero ustedes, hoy día, aún siguen sacando plata por aquí y por allá … Atengámonos a los hechos. Tome nota. Funes no quería billetes de papel. Su riqueza estaba almacenada en morocotas de oro y piedras preciosas. Se decía que la tenía oculta en varios lugares alrededor de San Fernando de Atabapo. Gente que conocía del asunto hablaba de un tesoro escondido en una cueva perdida en medio de una selva. La fortuna de Funes era tan inmensa, que muchos, ignorando su fama de sanguinario, se atrevieron a buscar tal tesoro, y al final pagaron su osadía muriendo empalados o enterrados vivos en un rincón de la Amazonía.

Así estaban las cosas, cuando a principios de 1921 apareció en escena el General Emilio Arévalo Cedeño … ¿Nunca oyó hablar de él? … El General era un caudillo raro, atípico, un tipo honesto que vivía en otra dimensión … Y con él andaba mi abuelo, Vinicio Soares-Moncada. Unos soñadores que creían que este mundo se podía mejorar con buenas intenciones y a punta de pistola. Acabar con los malos y dejar que el bien florezca. ¿Usted que piensa de eso? … No sea cabrón, no me lance la pregunta de vuelta, ¡contéstela! … En fin, Arévalo Cedeño se pasó una buena parte de su vida, más de diez años, trabajando como telegrafista. Un oficio que lo ponía de lleno dentro de las corrientes progresistas de finales del siglo diecinueve y comienzos del siglo veinte. Pero un mal día el buen hombre se dio cuenta de que en su época todo se decidía por la fuerza. Se apropió del título de General y se levantó en armas contra el dictador que gobernaba Venezuela, Juan Vicente Gómez. El guerrillero nunca consiguió su objetivo. La historia lo recuerda por su perseverancia: Luchó contra el dictador durante veinte años, invadiendo Venezuela siete veces, y al ser derrotado nunca abandonó su causa.

El diario de mi abuelo indica que el ataque de Arévalo Cedeño contra Funes fue cuidadosamente planeado. Los atacantes sabían que el tirano no iba a recibir ayuda de los gobiernos de Venezuela, Colombia o Brasil. Además, una victoria sobre Funes podía engrandecer la reputación de Arévalo Cedeño, dándole mayor tracción en su lucha contra Juan Vicente Gómez … No, estos no trataron de negociar, no valía la pena … 'Hay que eliminar la barbarie' escribió mi abuelo en su diario.

Navegando por los ríos de la Amazonía, más de un centenar de guerrilleros cruzó de Colombia a Venezuela. Su armamento era limitado, casi no llevaban comida o medicinas, pero compensaban estas deficiencias con un entusiasmo enorme. Tenían una fe ciega en su caudillo. Arévalo Cedeño atacó

San Fernando de Atabapo en la madrugada del 27 de enero de 1921. Embestido por sorpresa, Funes no se dejó amedrentar, a machetazos y plomo limpio sus fuerzas trataron de parar el empuje de los guerrilleros. Tras un día de cruentos combates, el tirano fue apresado … Usted tranquilo, no se impaciente, ya estamos por llegar a lo que busca su patrón … No, el diario de mi abuelo no está a la venta.

Arévalo Cedeño sometió a Funes a un juicio público. En ese juicio se destapó todo el mal que ese bicho había hecho. Para justificar sus desmanes, Funes inventó mil escusas. Con mucha labia declaró que él era un producto del sistema. La barbarie reinaba por doquier. Sus enemigos lo odiaban, tuvo que elegir entre ser verdugo o victima … Al final esos argumentos no le funcionaron. El hombre no dio justificado todos sus muertos y resultó obvio que disfrutaba robando los bienes de otras personas. El tribunal lo condenó a ser fusilado.

Funes intentó sobornar al General. Le ofreció toda su fortuna. En un trozo de papel dibujó un mapa que llevaba a una cueva donde había escondido un tesoro fabuloso en morocotas de oro y piedras preciosas. Arévalo Cedeño no se dejó comprar. El 31 de enero de 1921, Funes fue fusilado. Mi abuelo Vinicio guardó el papel con el mapa del tesoro dibujado por Funes … No, mi familia nunca ha tratado de encontrar esa fortuna … Respetamos la opinión de

Arévalo Cedeño. Para nosotros, ese tesoro está manchado con sangre.

La intentona revolucionaria del General no dio derrocado a Juan Vicente Gómez. Mi abuelo acompañó a Arévalo Cedeño durante sus "fracasos." Al morir Gómez, en 1935, los dos abandonaron su papel de guerrilleros. Mi antepasado compró un hato de tamaño mediano y se dedicó al cultivo de la tierra. De eso vivió hasta su muerte … Él era un tipo trabajador, honesto, no le gustaban las injusticias. Persona muy afable y dicharachera. Daba gusto mirarle a los ojos porque inspiraba alegría … ¿Quién le dijo que el viejo Vinicio me veía como la oveja negra de la familia? … Él siempre me respeto y trató de entender lo que yo hacía … ¡Esas son mentiras! Mi abuelo nunca me fue a rescatar de un casino en Curazao y la historia de la pelea en el burdel de Manaos es ridícula … De joven me dediqué a vivir y juré que algún día haría algo para honrar la memoria de Vinicio Soares-Moncada.

¿Usted conoce la fábula del saltamontes y la hormiga? … Descríbamela … Dentro de esa visión, su patrón y usted son hormigas que trabajan y trabajan, yo soy el saltamontes flojo que solo quiere disfrutar de la vida … Quizás, así sea, pero la trayectoria de su patrón en este mundo dista mucho de ser una línea recta. Es una hormiga tramposa. Examinemos el negocio que tiene sacando oro de la Amazonía. Se ha saltado todas las regulaciones. Su gente destroza ecosistemas que la naturaleza ha tardado millones de años en formar y a cambio deja una región contaminada con mercurio y personas sumidas en la pobreza … ¡No se haga el loco! Usted sabe bien lo que está sucediendo … Yo le ofrezco a su patrón la oportunidad de reivindicarse. Es hora de que pare con la chupadera y de algo … Anote ahí que con el dinero generado por la venta del mapa de Funes, lo equivalente a una fortuna maravillosa, yo voy a construir un hospital para ayudar a seres jodidos por los negocios burdos de su patrón … No tenga miedo, anote eso. Tal es mi objetivo.

La meta de su patrón es adquirir el mapa. Por razones que ni usted ni yo entendemos, él necesita poseer ese trozo de papel … El precio de salida son 200 000 dólares. Pagados en efectivo. Me entregan el dinero y yo entrego el mapa … No, el precio no es alto. Tome en cuenta que el mapa los puede llevar al tesoro de Funes. Cierre los ojos, ¡imagíneselo! Esas morocotas de oro y piedras preciosas probablemente valen mucho más de 200 000 dólares … No, no. Eso es un cuento, la gente habla por hablar, yo no encontré y dilapidé esa fortuna … Le puedo garantizar que mi familia nunca trató de buscar el tesoro. Tal vez otros buscadores lo hayan encontrado.

De cualquier manera, un mapa dibujado por Tomás Funes, uno o dos días antes de que lo fusilaran, vale un dineral. Hoy en día, calcule lo que pagaría un museo por ese documento creado por el Diablo del Amazonas … Le voy a ser honesto, su patrón no es la única persona interesada en el mapa. Hay otro magnate que también está pujando … ¿Que cómo voy a construir el hospital en memoria de mi abuelo? ¡No joroben! Yo no estoy obligado a darles esa información. Solo les voy a decir que en ese asunto están involucradas dos ONGs … ¡Dos! Así como suena. Gente que tiene de la capacidad de ayudar al prójimo … Termine de tomar sus notas y retírese … Recuérdele a su patrón lo que siglos atrás dijo un filósofo llamado Diógenes: 'El movimiento se demuestra andando.'

LOS LOBOS

Una llovizna tenue cae sobre Villagracia. Finas gotas de agua se adhieren a paredes de ladrillo desnudo en las casas del barrio acentuando su color rojo. Un arreglo desordenado de edificios rojos cubre tres altas colinas donde el verde natural de los árboles y arbustos casi ha desaparecido. Son las 9 y 37 de la mañana. Juan Tadeo camina con cautela por una de las calles que atraviesan el barrio de punta a punta. Mientras mira a su alrededor silva, para ahuyentar el miedo, una tonada donde combina las melodías de Pedro Navaja y Valle de Balas. Tiene once años. A su edad ya conoce bien las distintas zonas o territorios en que está dividido el barrio. El sur está dominado por el gang de los Cuaimas. En el norte no hay dueños, varios gangs con nombres de criaturas salvajes pelean por el control de la zona.

Cinco días a la semana, sin falta, Juan Tadeo hace el mismo trayecto para ir de su casa a la escuela. Una escuela montada por un sacerdote, el padre Gabriel, en la periferia del barrio. En ella, el sacerdote, dos monjas y cuatro maestros laicos dan clases de estudios elementales a los niños de Villagracia. De lunes a viernes, entre las 7:15 y 8:00 am, el padre Gabriel y un grupo de vecinos lideran una caravana que recorre el barrio para recoger niños y llevarlos sin problemas a la escuela.

Hoy Juan Tadeo no llegó a tiempo para unirse a la caravana. Se retrasó después de pasarse casi toda la noche ayudando a su madre en el trabajo de coser ruedos de pantalones. Su familia vive de los tamales que vende su abuela por las calles de la ciudad y de los trabajos de costura que recibe su madre ocasionalmente. Nunca conoció a su padre, él jamás se ocupó del niño. Esa mañana Juan Tadeo mintió. Le dijo a su madre que conocía un camino perfectamente seguro para ir de su casa a la escuela. Tal camino no existe. Tomó la misma ruta que transita casi todos los días.

El niño llega a un cruce de calles. La calle por dónde camina bordea la cima de una colina. Se cruza con otra calle que baja la colina hacia el valle donde termina Villagracia y comienza la ciudad. Juan Tadeo examina los dos caminos que se abren ante él. En la calle que baja la colina hay problemas. Sus ojos detectan una pelea a cien metros de donde esta él.

Una niña ha sido acorralada contra la pared de una casa por dos muchachos ya mayores. Los muchachos visten chalecos de blue-jean en cuya espalda se ve dibujada la figura de una serpiente. Son Cuaimas. Juan Tadeo reconoce a la niña. La ha visto en su escuela, en una clase, un grado, inferior al de él. Pertenece al grupo de música. La niña sostiene en sus manos una viola. Los Cuaimas intentan quitársela. Es una viola de tercera mano, para ellos es sólo una curiosidad, para ella es su mundo y lo defiende con todo lo que tiene.

En su mente, Juan Tadeo considera la posibilidad de intervenir. ¿Cómo? Los otros son dos, mucho más grandes que él, y están armados. En la cintura de uno de ellos se ve la cacha de una pistola. El niño decide continuar su camino. La calle que transita no muestra ningún peligro: Está libre de criaturas salvajes. El viajero ha dado unos pocos pasos cuando oye los gritos de la niña … Está llorando. Uno de los Cuaimas le ha quitado la viola. Juan Tadeo se vira, una idea da vueltas en su cabeza, echa a correr por la calle que baja la colina.

Los dos Cuaimas ven como un niño excitado se aproxima descendiendo rápidamente por la calle. El viejo morral donde lleva sus utensilios escolares salta alocadamente sobre sus espaldas. ¿Qué pasa? ¿Huye de alguien? Uno de los Cuaimas, el que sostiene la viola en una de sus manos, se adelanta y corta el trayecto de Juan Tadeo en medio de la calle.

- Heey pendejo … ¿Adónde vas? ¿Por qué corres?

El niño interrumpe su carrera. Se detiene a un metro del Cuaima. Mirando alternativamente hacia la parte de arriba de la calle y hacia la cara del muchacho que tiene delante, responde a la pregunta:

- Los Lobos … Vienen los Lobos.
- ¿Cuántos? – pregunta el Cuaima
- Cuatro, cinco. No sé. ¡Yo me voy!

Juan Tadeo reanuda su carrera. Corre como alma que escapa del Diablo. Los dos Cuaimas se miran a los ojos. Miedo. El que sostiene la viola la deja caer sobre la calle y le hace un gesto a su compañero. Los dos desaparecen por una callejuela aledaña. Al verse sola la niña para de llorar. Rápidamente levanta su viola del suelo, la coloca en una funda de tela, y echa a correr por la calle siguiendo el trayecto marcado por Juan Tadeo. ¡Vienen los Lobos!

NOCHE DE CINE

Hoy es noche de cine. Cansado después de estar todo el día en casa sin hacer nada, te has trajeado para la ocasión y has salido contento a la calle. Vas sólo. Una amiga tuya que se suponía iba a acompañarte canceló a última hora. Su ex-marido está de visita en la ciudad. Si quieres compañía para esta noche tienes que pescar un pez en el rio. Te fascina jugártela al sí o al no. La vida es una ruleta y tú puedes ser el ganador. Por lo pronto ese traje blanco de dos piezas con chaleco negro que llevas puesto no te deja pasar desapercibido. Todas las mujeres que caminan a ambos lados de la calle te ven. 'Ahí va Manuel' muchas dicen con una sonrisa. El punto está en encontrar una que quiera llegar hasta el final de la noche contigo.

Con gusto tocas el Colt 38 Special escondido en tu cintura. Nunca sales a la calle sin el. 'Hay mucho cabrón suelto por el mundo' murmura una y otra vez un ángel de la guarda. Y así es. Una vendedora de flores callejera te ofrece tres claveles rojos a buen precio. 'Lléveselos a su novia señor'. Los compras. Colocas uno de ellos en el bolsillo superior izquierdo de tu chaqueta y le regalas los otros dos a la vendedora de flores. Ella te da las gracias. Con una sonrisa reanudas tu andar hacia el cine.

El Concordia está ubicado en el casco antiguo de la ciudad. El cine fue inaugurado a finales de la década de 1930. A ti te gusta pensar que el día en que se inauguró dio una función doble con Gone with the Wind y Allá en el Rancho Grande. Lo cual probablemente no es cierto. Te encanta el viejo cine. Ya no es lo que era en sus buenos tiempos, pero a ti te fascina. De niño venias a ver películas de vaqueros, espadachines y fantasmas. Cuando creciste, puliste tu sentido del humor viendo a Cantinflas, Brigitte Bardot te enseñó lo que una mujer puede hacer, y las películas del género noir te mostraron un mundo en el que tú eventualmente crecerías y vivirías. Gánsteres, prostitutas y policías corruptos para ti son parte del día-a-día.

Te detienes en frente del Concordia. Examinas los arcos de la entrada y las marquesinas. Necesitan urgentemente una limpieza general y una buena mano de pintura. Don Anselmo Coutinho, el dueño actual del cine, un gallego emigrado de A Coruña al país cuarenta años atrás, hace lo que puede para mantenerlo a flote. Usa mil y un trucos para atraer al público.

Hoy, como todos los lunes, la atracción principal es una sesión con una película de "cine de arte y ensayo" o algo parecido. La película para hoy es The Atomic Cafe. Un documental satírico sobre la carrera armamentista durante la Guerra Fría. Los martes Don Anselmo tiene una sesión de "cine para viejas."

Está anunciada una película de Sandro: Operación Rosa Rosa. Su cartel señala una buena mezcla de romance y acción. No te extraña que tu vieja planee venir a verla. El resto de la semana el cine ofrece una mezcla normal con películas de cartelera: Biutiful, The Dark Knight, The Artist y Hugo. Todas atraen tu atención. Te gustaría verlas.

Tus ojos se enfocan en una pequeña caseta localizada en un extremo de la entrada al cine. En ese lugar Don Anselmo coloca el "fotograma sorpresa" todos los lunes. Aquellos que identifican la película a la que pertenece el "fotograma sorpresa" tienen acceso libre al cine durante el fin de semana siguiente. Es un gancho tremendo a la hora de atraer gente. Muchas personas no dan identificado el origen del "fotograma sorpresa" pero al estar en frente del Concordia compran un tique para entrar al cine. Algo interesante debe de haber colocado el viejo Anselmo en la caseta. Hay un grupo de seis o siete personas observando y comentando su contenido.

Concentras tu atención en la película de has venido a ver. El afiche publicitario cerca de las marquesinas muestra en primer plano a un niño sentado sobre una bicicleta y vestido con un traje o escafandra especial. La cabeza del niño está cubierta por una capucha donde sobresalen un par de lentes oscuros y la pequeña circunferencia de un equipo de respiración portátil. El niño está aislado del mundo. A su espalda, como background, se ve una inmensa nube en forma de hongo que se eleva hacia el cielo después de una explosión nuclear. En la parte superior del afiche hay tres palabras escritas en neón purpura: The Atomic Cafe. En internet vistes un tráiler de la película y te enganchó.

Todo comenzó con un ataque sobre dos ciudades indefensas en Japón. Blancos civiles, no militares. El mundo tuvo que aprender a vivir con el miedo generado por la bomba atómica. Quieres ver cómo fue ese aprendizaje, como se aprende a vivir sabiendo que existe una violencia latente que en cualquier momento te puede herir o aniquilar. Te impresionó la actitud de la gente en el tráiler. Gente que invocaba a Dios, que le pedía sabiduría al mismo tiempo que continuaba construyendo armas de destrucción cada vez más poderosas. Las escenas sobre las pruebas nucleares en el atolón Bikini te conmovieron. Vistes como los nativos recibían a la marina estadounidense cantando You Are My Sunshine para después perder sus tierras y, muchos de ellos, ser víctimas de la radiación depositada en la atmosfera por las explosiones nucleares. 'El ser humano es una criatura compleja' te dices al mismo tiempo que, como un animal en un zoológico, sientes miradas sobre tu cuerpo.

A unos cinco metros de ti, cerca de la taquilla de venta de tiques, una morena con un vestido verde claro de una sola pieza y zapatos de tacón negros parece esperar a alguien. De vez en cuando, con disimulo, mira hacia donde estás tú. La mujer bien vale el esfuerzo. Cazas una de sus miradas y se la devuelves como si la reconocieras. Ella baja la cabeza y clava su vista en el suelo. La semilla está sembrada. Todo es cuestión de tiempo. En unos minutos, si su compañía no llega, te vas a acercar a ella: 'Usted perdone que la moleste pero me recuerda a una compañera de clase … ¿Por casualidad es usted Annabelle Suarez? ¿Fue alumna en el Instituto Victegui?'

Por supuesto que te va a decir que no. Pero el detalle está en ver cómo se comporta después. Si se muestra receptiva, ¡bingo! Si te rehúye, a pescar a otro lado del rio. Estás planeando y refinando tu approach cuando sientes más miradas sobre tu cuerpo. Una alarma se dispara en tu cerebro. En un instante el tono relajado de la noche desaparece. '¡Caca!' Esta vez se trata de dos individuos que de cuando en cuando te ven.

Están parados en la acera de la calle que da al Concordia a unos diez metros de donde tú te encuentras. Ni cerca ni lejos. Visten ropas ordinarias para pasar desapercibidos. Tu instinto te dice que de ordinarios no tienen ni un pelo. Detrás de los dos hombres ves una minivan a cuyo volante hay un tercer hombre mucho más joven que sus compañeros. El novato de la partida. La mayoría de la gente que deambula en la entrada del cine no se da cuenta de lo que ocurre, pero tú sabes muy bien hacia dónde va la cosa: Planean un secuestro express. Así de la nada.

¡Esos secuestros son una plaga! Tu primo Roberto tuvo que hipotecar su taxi para conseguir el dinero necesario y liberar a su esposa raptada en un secuestro express. Tu vecina Marita, la muchacha que habita en el quinto piso del edificio donde tú vives, se dejó montar tres veces para juntar el dinero que pedían los secuestradores para liberar a su hermano. Eso te lo contó Claudio, el conserje del edificio, un tipo que habla raras veces y no miente. ¡Una plaga! Y tú eres el elegido por los secuestradores. Ese traje blanco de dos piezas con chaleco negro que tan bien te queda no sólo atrae la atención de las mujeres. Los secuestradores probablemente piensan que eres un tipo con dinero. ¡Vaya ilusión! En tu mente te imaginas una conversación entre ellos y tu madre

- Por favor escuche y no se ponga nerviosa. Mucha calma … Tenemos secuestrado a su hijo Manuel. Si lo quiere volver a ver vivo prepare un rescate de 30 000 pavos.

- ¿Qué? … ¡30 000 pavos por ese zángano que nunca hace nada! … Quédenselo. Ese no es hijo mío … Mi difunto esposo siempre dijo que nos lo empaquetaron el día que fui a parir al Hospital General.

Noo, lo más probable es que tu vieja se eche a llorar y se vuelva loca tratando de juntar el dinero que aún queda de lo que dejó tu padre al morir. Pero no hay peligro de que eso suceda. Si alguno de esos secuestradores trata de acercarse a ti, el Colt 38 Special que llevas en tu cintura va a hablar. Y la cosa se va a poner fea … ¡Para ellos! Con el Chulo Manuel no se juega.

Aún faltan más de diez minutos para el comienzo de la película. ¿Qué hacer? Decides que lo más seguro para ti es unirte al grupo de personas que examinan el "fotograma sorpresa." Con un gesto invitas a la morena del traje verde a que también se acerque. Ella se hace la desentendida y vuelve a mirar al suelo. Consideras la posibilidad de que los secuestradores se la lleven. No. Tú eres el elegido.

¿Qué ha puesto Don Anselmo como "fotograma sorpresa" esta semana? Ante ti, dentro de una caseta, tienes una gran foto a color del torso desnudo de una mujer de tez blanca. No puedes ver su cara. Puntas de un cabello castaño rojizo caen sobre sus hombros. Está parada en un jardín. Detrás de ella se ve la reja de una puerta metálica y más allá la silueta de un hombre. Los senos de la mujer son espectaculares. Una Venus moderna. ¡Ese Don Anselmo! El viejo zorro sabe muy bien lo que atrae a la gente. Para él todo es válido a la hora de salvar el cine. En la parte de abajo de la caseta hay un papel con una nota de ayuda, Década de 1970, y una ecuación matemática:

$$e^{i\pi} + 1 = 0$$

¿Y esto? Vuelves a ver el fotograma, haces un esfuerzo, tratas de sacudir tus recuerdos. No se te ocurre nada. Tu mente está ocupada en tratar de evitar el secuestro express. Oyes lo que dice la gente a tu alrededor. Un anciano y una anciana sostienen que la actriz en la foto es Faye Dunaway en Chinatown. Un tipo de tu generación, casi cuarentón, propone que se trata de Sônia Braga en Dona Flor e Seus Dois Maridos. Consideras las dos hipótesis. Las descartas. Faye Dunaway y Sônia Braga no tenían ni tienen el tipo de figura que exhibe la mujer en el "fotograma sorpresa." De reojo observas lo que hacen los secuestradores. Conversan tranquilamente, estos criminales no tienen prisa.

A tu lado se para una muchacha. No llega a los veinticinco años. Tiene pinta de ser estudiante universitaria. Se le van los ojos al ver el torso de la mujer en el "fotograma sorpresa." Sonríe mientras observa la ecuación matemática en la parte baja de la caseta. Obviamente no es la primera vez que la ve. Nota tu curiosidad.

- Es una de las ecuaciones más bellas de la matemática. La identidad de Euler. Leonhard Euler la estableció en el siglo dieciocho. "π" y "e" son dos números irracionales. "i" es la unidad imaginaria. El "1" y el "0" son entidades fundamentales en nuestro mundo físico, la existencia y la nada. La ecuación conecta en una forma elegante operaciones fundamentales de la matemática y al mismo tiempo refleja las paradojas del mundo creado por los seres humanos.

Después de darte esta información la muchacha no dice nada más. Se encamina hacia la taquilla de venta de entradas. Al pasar al lado de la morena del traje verde se detiene a su lado unos segundos para admirar su cuerpo. La otra mujer continua absorta en sus cavilaciones, esperando a alguien que no termina de llegar.

¿Por qué colocó Don Anselmo la nota con la identidad de Euler al lado del "fotograma sorpresa"? Lo irracional, lo imaginario, lo existente y la nada. El viejo español siempre con sus juegos raros. ¡No cambia! … Ahí, ahí está el detalle. Si quieres identificar el origen de la imagen en el "fotograma sorpresa" tienes que pensar como piensa Don Anselmo. ¿Qué le gusta? ¿Hacia dónde tira su alma de cinéfilo? … Buñuel … ¡Luis Buñuel! Examinas de nuevo el "fotograma sorpresa." Sí, esa es Ángela Molina en Cet Obscur Objet du Désir, ese oscuro objeto del deseo. ¿Cómo no te diste cuenta antes? Recuerdas escenas de la película mostrando una confrontación entre un hombre y una mujer en un jardín de Sevilla. Dos seres que tratan de definir quién es el "1" y quién es el "0" todo mediado por lo irracional y lo imaginario. Hasta llegar a un final explosivo. ¡Ese Don Anselmo! Esta vez le ganaste la partida. Vas a ver cine gratis este fin de semana. Eso asumiendo que no te secuestren.

La identidad de Euler capta tu atención. Te intriga la relación que existe entre el "1" y el "0". En una relación entre seres humanos, ¿cómo se asigna el papel del "1" o del "0"? En el mundo son muchos los ceros y pocos los unos. Y tú, ¿que eres tú? ¿Qué son los secuestradores? Los miras. Los dos hombres parados sobre la acera de la calle son de cuidado, el conductor de la minivan es un pendejo. Tu orgullo de chulo despierta. Estos tres cabrones piensan que eres un perdedor, ¡te están insultando!

¿Y si dejas de ser presa y te conviertes en cazador? Al pensarlo sientes un gozo enorme dentro de ti. Casi orgásmico. Decides jugártela al sí o al no. El Colt 38 Special escondido en tu cintura tiene seis disparos. Si se hacen las cosas bien, utilizando el factor sorpresa, tres disparos a lo más son necesarios para tumbar a los dos secuestradores parados en la acera. El que está dentro de la minivan al oír el tiroteo se va a dar a la fuga.

Examinas los alrededores del cine. A unos metros hay una floristería. Sus ventanales reflejan lo que ocurre en la calle. Un hombre aislado, la victima ideal, mirando hacia el interior de los ventanales podría ver como se aproximan a él los secuestradores. Decidir el momento justo en que debe voltearse a disparar sobre ellos. Te regocijas imaginando la perplejidad y el terror en sus rostros.

¡La muerte se les viene encima! ¿Cuándo? Tienes que moverte rápido, falta poco para que empiece la película, no te quieres perder el film.

Desde donde está la morena del vestido verde te mira fijamente. Su acompañante no ha venido, te está invitando. Tomas el clavel anidado en la solapa izquierda de tu chaqueta y se lo enseñas. Con un gesto le indicas que vas a ir a comprar flores. Ella se ríe. 'Va a ser una noche de placer.' Lentamente echas a andar hacia la floristería. Sí, los dos secuestradores parados sobre la acera de la calle te siguen. El hombre sentado al volante de la minivan pone en marcha el motor. Sonríes. Hoy no han tenido suerte. Se han topado con el Chulo Manuel. Un "1" nato.

LA ADELITA

¿Por dónde debo comenzar esta historia? Quizás lo mejor sea remontarme a la tarde en que Alex Sigüenza se presentó a trabajar por primera vez en el periódico. Alex acababa de terminar el tercer año de periodismo en la Universidad y venía a hacer una pasantía en El Heraldo. El muchacho llegó muy bien recomendado por dos de sus profesores. Uno de ellos había laborado con nosotros años atrás, y al Editor del periódico, Oscar Bocanegra, se le ocurrió la idea de que Alex debía trabajar conmigo en la sección de crónica roja.

Desde el comienzo nos llevamos muy bien. Alex era una mente joven que había sido educada en lo que hoy día se conoce como periodismo social. Adoraba la idea del periodista comprometido con la realidad de su entorno, el periodista que trataba de develar la conexión entre la injusticia social y los oscuros deseos que mueven al ser humano. Después de todo lo que yo había visto en mi vida como reportero, tras veinte años de trabajo, tenía mis dudas sobre la eficacia del periodismo social. Aun así, le pregunté a Alex por sus intereses concretos, que tema prefería trabajar durante su pasantía en el periódico.

Me dijo que estaba interesado en la figura de la *femme fatale*, la mujer devoradora o manipuladora de hombres, y sus distintas manifestaciones en los medios de comunicación. Su respuesta me sorprendió e intrigó. Yo me esperaba un interés en reportar la conexión entre el acontecer social y las fuerzas que mueven la política o la economía. Lo típico en la gente de mi generación. Pero los tiempos cambian. El personaje de la mujer seductora capaz de hipnotizar al hombre hasta llevarlo a cometer todo tipo de crímenes es bastante común en el cine y la literatura. De hecho, como reportero de crónica roja, yo había investigado dos o tres casos con mujeres que tenían varias de las características de la *femme fatale.*

Alex me citó una serie de estudios académicos. Según él, en muchos reportajes la mujer fatal era mayormente una construcción literaria, un gancho creado para atraer a los lectores de la prensa, la perpetuación de un mito útil en el proceso de cubrir desigualdades sociales y deseos ocultos. 'Mucho ideal pero poca experiencia' pensé al oírlo. Le dije que se anduviera con cuidado. De todo hay en este mundo.

Tres semanas después de mi primera conversación con Alex, me encontraba trabajando en el patio de un café cuando vi a la que es la gran protagonista de este relato. La mujer que se hizo famosa bajo el alias de La Adelita. Bocanegra me había encargado un artículo, un exposé, sobre el deterioro del sistema penitenciario en el país. El Editor del Heraldo libraba una de sus frecuentes batallas con el gobierno y yo era el encargado de atacar al dragón de mil cabezas. Tras un proceso de investigación de varias semanas, el artículo denunciando el deterioro del sistema penitenciario estaba casi listo. Decidí que lo mejor era hacer una última revisión del texto en un café cercano al periódico.

El café tenía un patio que daba a la calle donde existían varias mesas con toldos para tapar los rayos del sol. Tres grandes ventiladores, distribuidos a lo largo del patio, creaban una brisa artificial sumamente agradable en los días calurosos. Tomé una mesa, me senté en una silla, y le pedí al camarero un Latte Deluxe. Antes de sumergirme en la revisión de mi artículo explore el mundo que me rodeaba.

A mi izquierda, tres mesas más allá, estaba sentada una mujer. Relajadamente leía una revista de modas y tomaba un café. No era la mujer más hermosa que había visto en mi vida pero existía algo en las facciones de su cara que la convertían en una belleza excepcional. Su tez trigueña había sido cuidadosamente tostada bajo los rayos del sol o luz artificial. Llevaba el cabello, de color negro, recogido en un moño muy elaborado. Vestía un traje elegante de dos piezas en crema oscuro. Le calculé entre 30 y 40 años de edad.

A mi derecha estaban sentados una pareja de ancianos. Gente de la tercera edad. Mientras tomaban sus cafés veían la fotografía de un niño y bromeaban. ¿Su nieto? Por último, en el borde del patio había dos hombres parados. Ya maduros. Ambos tenían buena talla y eran robustos. Al mismo tiempo que conversaban se dedicaban a lanzar piropos a las transeúntes que eran de su agrado. Lo que en el argot de la calle se conoce como "dar lengua."

Intenté concentrarme en el texto de mi artículo: Un sistema penitenciario lleno de violencia donde solo seres marginales son castigados … 'Huuy mi nena, mátame sino te sirvo, pero pruébame primero.' Ni modo. Levante mis ojos y los enfoque hacia donde estaban los dos galanes de calle. El piropo había sido dirigido a una muchacha alta y flaca, bastante bonita, que circulaba por la calle en compañía de su novio. A ninguno de ellos le gustó el cumplido. El novio se enfrascó en una fuerte discusión con los dos galanes de calle. Con una sonrisa uno de los galanes extrajo un Colt 38 Special de la parte trasera de su cintura y le dijo al muchacho: 'Piérdete o te quemo.' Asustada la muchacha convenció a su novio de que no había sido nada. Ambos continuaron caminando por la calle.

Todos en el café vimos el incidente. Aquello no era guasa. Eventualmente los galanes de calle notaron la presencia de la mujer sentada a mi izquierda, tres mesas más allá de la mía. 'Tú tan santa y yo tan diablo, háblame, pálpame mamita.' Ella se hizo la desentendida. Continuó leyendo la revista que tenía en sus manos … Inesperadamente se levantó y lentamente caminó hasta la acera de la calle. Su cuerpo era soberbio. Una vez sobre la acera miró hacia los dos lados de la calle. Dio la impresión de esperar o buscar a alguien. ¿El auto de un amigo? ¿Un taxi?

Los dos galanes de calle se apresuraron a ofrecer sus servicios, tenían auto. Me sorprendió enormemente el hecho de que ella aceptara su ofrecimiento. Hay cosas que son impredecibles en la vida. 'Esa es mucha hembra para un solo hombre' le comentó el anciano que tenía a mi derecha a su compañera y se echó a reír. Tras verlos desaparecer a los tres al final de la calle me concentré en terminar mi artículo. Bocanegra lo estaba esperando.

Pasó más de un mes. Una tarde me encontraba discutiendo con la gente de la sección de deportes las virtudes goleadoras de Leo Messi, Cristiano Ronaldo y el "Chivo" Guarandini cuando un office-boy me notificó que Bocanegra me necesitaba urgentemente en su oficina. Las visitas a la oficina de mi Editor siempre han sido una aventura. El hombre tiene tres paredes de su oficina cubiertas con premios que el periódico ha ganado por varios artículos. En la cuarta pared cuelga un afiche de la película Citizen Kane. Cuando uno va a hablar con Bocanegra nunca sabe a quién va a encontrar: Un periodista serio y responsable o una criatura materialista y manipuladora al estilo de Charles Foster Kane.

Lo encontré examinando un fax enviado por uno de sus contactos dentro del Departamento de Policía.

Me contó de qué iba la cosa. La mañana de ese día había ocurrido un tiroteo en la casona del industrial Néstor Arreaza-Bosch. El resultado: Tres muertos, un herido, una antigua mascara azteca extraviada y 650 000 dólares americanos desaparecidos. Arreaza-Bosch murió en el intercambio de disparos. La policía trabajaba en la hipótesis de que el industrial había organizado la compra de una máscara indígena extraída ilegalmente de México. Nada nuevo. En un país azotado por el tráfico de drogas pocos prestan atención al tráfico de objetos de arte. La máscara era una representación del dios Quetzalcóatl hecha en el siglo catorce en madera con incrustaciones de turquesa y obsidiana. Durante la entrega y compra de la máscara algo salió mal dejando tres hombres muertos y uno herido.

La policía sospechaba que la secretaria de Arreaza-Bosch, Adela Iturbide, había huido con la máscara azteca y los 650 000 dólares de pago. A esas alturas de la investigación policial todo eran conjeturas. El fax recibido por Bocanegra contenía cuatro fotografías. La primera mostraba a un viejo de más de 70 años: Néstor Arreaza-Bosch. La segunda era de su secretaria. Reconocí inmediatamente a la mujer que vi en el café semanas atrás. Las otras fotos eran de los dos galanes de calle: Yonatan Blanco y Tomás Ruiz. No habían tenido suerte. Yonatan murió durante el tiroteo, Tomás solo fue herido, pero había sido capturado y estaba siendo interrogado por la policía. Ambos tenían antecedentes penales por robo a mano armada. Lancé un silbido al enterarme de todo esto. Bocanegra no oyó ni vio mi gesto. 'Tú y Alex encárguense de esta maravilla de caso', me dijo, 'ojo con Néstor Arreaza-Bosch, ése nunca fue lo que aparentaba ser.'

Sin perder tiempo tomé el fax y me fui en busca de Alex. Quedó fascinado por la historia y la posibilidad de que Adela Iturbide fuera una *femme fatale*. ¿Lo era? ¿Había manipulado a Yonatan Blanco y Tomás Ruiz para llevarse la máscara azteca y el dinero de Arreaza-Bosch? Le dije a Alex que no se precipitara a la hora de sacar conclusiones. En este negocio las cosas pueden cambiar drásticamente de un día para otro. La verdad es que, después de haberla visto en el café, me costaba trabajo creer que Adela Iturbide fuera responsable por el tiroteo en la casona de Arreaza-Bosch. ¿Debilidad por una cara y un cuerpo bonitos? Quizás.

Utilizando mi teléfono celular llamé al Comisario Augusto Valladares en el Departamento de Policía. Augusto gozaba de toda mi confianza. Había sido novio de mi hermana años atrás y, como yo, era un die-hard fan de los Yankees de Nueva York. Juntos habíamos visto como los Yankees aplastaban a los Phillies de Filadelfia en la Serie Mundial de Béisbol del año anterior. Augusto me confirmó la información contenida en el fax recibido por Bocanegra.

La investigación policial avanzaba lentamente. Tomás Ruiz, tras ser apresado, se negaba a hablar y le estaban dando un tratamiento especial para que soltara la lengua. El Departamento de Policía trabajaba bajo una presión enorme. Al más alto nivel, el embajador de México había solicitado ayuda para dar con el paradero de la máscara representando al dios Quetzalcóatl, según él era 'un patrimonio nacional', nuestro gobierno no podía quedar mal. Por otro lado, la familia de Néstor Arreaza-Bosch exigía la captura de la responsable por la muerte del industrial. En las empresas de Arreaza-Bosch trabajaban más de 10 000 personas. Tal cifra no podía ser ignorada por los políticos encargados del gobierno. Augusto accedió a darme la información concreta que necesitaba para escribir mi reportaje. Tomás Ruiz iba a hablar tarde o temprano. El Comisario de policía me recomendó que lo volviera a llamar a primeras horas de la noche de ese día.

¿Qué hacer mientras tanto? El trabajo de un reportero es contra-reloj. Siguiendo un viejo dicho en el área del periodismo decidí "mover la mata por otro lado." Buscar información sobre Néstor Arreaza-Bosch. Con Alex me fui hasta el escritorio de Guido Santamaría. Guido y su esposa son los que llevan la sección de sociales en El Heraldo. Se dedican a recolectar información, chismes en muchos casos, sobre la gente que se mueve en las más altas esferas del país. Le di a Guido la noticia de la muerte de Arreaza-Bosch y los detalles de cómo había ocurrido. Sonrió. De un cajón en la parte derecha de su escritorio sacó una pequeña botella de whisky, tomó un trago, y nos dijo: '¡Un cabrón menos en este mundo!' Conocía muchos detalles de la vida de Arreaza-Bosch.

El empresario había nacido en Caracas, Venezuela, a principios de la década de 1930, en el seno de una familia acomodada. Sus padres lo mandaron a estudiar a Inglaterra donde se graduó de ingeniero civil. En el año 1953 regresó a Venezuela. El país en ese entonces estaba gobernado por el dictador Marcos Pérez Jiménez. Un gobernante obsesionado con modernizar el casco urbano de Caracas y otras ciudades de Venezuela. Arreaza-Bosch se unió a un grupo de arquitectos e ingenieros embarcados en proyectos de construcción de edificios y sistemas de comunicación nunca antes vistos en Latino América. Proyectos que necesitaban grandes cantidades de cemento y otros materiales de construcción. Arreaza-Bosch se dio cuenta de este detalle, murió el constructor de edificios, y nació el gran empresario.

Con la ayuda económica de su familia compró fábricas de cemento. Para asegurar los contratos del gobierno se asoció con altos cargos del régimen. Se convirtió en informante de la policía política y secretamente delató a sus amigos que estaban en el bando de la oposición. Gano dinero, mucho dinero, pero cuando la dictadura de Marcos Pérez Jiménez se desplomó, en 1958, no le quedó más remedio que huir de Venezuela para evitar represalias.

Asumiendo la figura de perseguido político se refugió en nuestro país y, utilizando su dinero y conocimientos, procedió a crear un imperio comercial asociado con la industria de la construcción. Según Guido, Arreaza-Bosch jamás creyó verdaderamente en una ideología política particular, solo estuvo interesado en acumular dinero y disfrutar de la vida. Adoptó una fachada de empresario respetable. Una fachada que utilizó para ocultar dos grandes pasiones. Le fascinaba comprar objetos de arte robados. A través de artimañas y trucos logró adquirir una colección enorme de arte indígena pre-colombino.

Su segunda gran pasión era la compra y venta de mujeres. Las compraba en las redes de tráfico de blancas, las utilizaba en orgias exóticas, y cuando se cansaba de ellas las revendía al mejor postor. Al oír esto, Alex y yo saltamos. Le pregunte a Guido si había oído hablar de Adela Iturbide. 'La Adelita fue la compañera sentimental de Arreaza-Bosch en los últimos cinco años' me replicó. Un día apareció acompañándolo en actos públicos con el título de secretaria pero era obvio que eran amantes. La gente quedo tan impresionada con su cuerpo que le puso el sobrenombre cariñoso de "La Adelita." Se rumoreaba que Arreaza-Bosch la había comprado como a tantas otras, que se había enamorado, y que no tuvo más remedio que quedarse con ella.

Después de hablar con Guido Santamaría, Alex y yo decidimos separarnos para avanzar más rápido en la investigación del caso. Él se concentró en buscar información adicional sobre Arreaza-Bosch empleando las bases de datos disponibles en Internet. Yo me di una vuelta por un par de sitios de la ciudad donde operaban personas que conocían sobre la trata de blancas y la compra-venta de mujeres. Algo que existe y se mantiene oculto en la mayoría de las grandes ciudades de Latino América.

El cuerpo de Adela Iturbide no podía pasar desapercibido. Hice muchas preguntas y obtuve muchas respuestas. Lo dicho por Guido era verdad. Arreaza-Bosch la había comprado tras verla a la venta en un catálogo de bellezas exóticas. Era originaria de Cali, Colombia. Venía de una familia de bajos recursos. Cuando era veinteañera fue a una fiesta en compañía de una amiga, una muchacha que conoció en el sitio donde trabajaba, una tienda de venta de ropa. La fiesta era una trampa, su supuesta amiga la vendió, y cayó en manos de tratantes de blancas. La desaparecieron. Su familia y conocidos no volvieron a saber de ella. Terminó convertida en esclava sexual.

Según me dijeron ya había sido vendida y comprada dos veces antes de ser adquirida por

Arreaza-Bosch. Al oír todo esto quede anonadado. Jamás se me había ocurrido que éste es el calvario por el que transitan miles de mujeres en nuestro mundo. Adela Iturbide luchó con lo que tenía. De alguna manera logró que Arreaza-Bosch se enamorara de ella y no la volviera a vender. A mi mente vino la historia de Scherezade y el sultán todopoderoso en Las Mil y Una Noches. Cada noche la Adelita le daba algo a Arreaza-Bosch para mantener su interés en ella.

Pero éste no era cuento de hadas, no podía tener un final feliz. Su relación fue una extraña mezcla de deseo, amor y odio. Al enamorarse Arreaza-Bosch de Adela Iturbide cambio el balance de poder. La que antes era una esclava sexual comenzó a emanciparse. En un lado teníamos a un hombre anciano, medio acabado, y en el otro a una mujer en su plenitud, con un cuerpo lleno de vida. Arreaza-Bosch llegó a temer que La Adelita escapara o no le diera lo que él quería. Para controlarla y mantenerla feliz a su lado le ofreció hacerla heredera de parte de su inmensa fortuna. Eso era lo que se decía en la calle.

Serían casi las nueve de la noche cuando regresé al edificio del periódico. Le conté a Alex lo que había averiguado. Desde la puerta de su oficina Bocanegra me lanzó una mirada penetrante. Tenía que escribir un artículo para la edición del día siguiente. Procedí a telefonear al Comisario Augusto Valladares. La policía progresaba en la investigación del caso. Tres horas antes, en el aeropuerto de la ciudad, habían detenido al vendedor de la máscara de Quetzalcóatl cuando intentaba escapar en un vuelo hacia Miami. Su nombre: Felipe Duran. Con su testimonio y el de Tomás Ruiz la policía intentaba reconstruir lo ocurrido esa mañana en la casona de Arreaza-Bosch. Alrededor de las 10 am, Duran y un guardaespaldas se presentaron en la casona portando un contenedor especial con la máscara azteca. Felipe Duran no esperaba ningún tipo de problema dado que Arreaza-Bosch era un viejo cliente. Todo se limitaba a entregar la máscara y recoger los 650 000 dólares de pago.

Adela Iturbide lo recibió en la puerta principal de la casona y lo condujo hasta la biblioteca donde lo esperaban Arreaza-Bosch y dos hombres que nunca antes había visto, Yonatan Blanco y Tomás Ruiz. El encuentro comenzó en forma amigable. Alegre el dueño de la casa le pidió a Adela Iturbide que sirviera bebidas a todos los presentes. Procedió a examinar la máscara. La comparó con la foto de otra mascara de Quetzalcóatl que estaba en exhibición en el Museo Británico de Londres. Se maravilló ante un rostro que atraía y asustaba al mismo tiempo: Un dios de la sabiduría y la justicia.

Satisfecho con la calidad de la obra de arte, Arreaza-Bosch le dio a Tomás Ruiz la orden de pagar los 650 000 dólares. Fue entonces cuando todo se torció. Según Felipe Duran, hubo un gesto extraño de Yonatan Blanco seguido por un intercambio de miradas entre él y Adela Iturbide. Desconfianza, celos. Arreaza-Bosch sacó una pistola y empezó a disparar. Pandemonium. Cuatro hombres bien armados envueltos en un intercambio de disparos.

Horrorizado Felipe Duran echó a correr hacia la puerta principal de la casona. Antes de abandonar la biblioteca vio como Adela Iturbide escapaba por una puerta lateral llevándose la máscara y el maletín con el dinero. Tomás Ruiz postulaba una versión diferente de lo ocurrido. Según él, el tiroteo fue una consecuencia de la avaricia de Felipe Duran y su guardaespaldas que intentaron llevarse el dinero sin entregar la máscara. El guardaespaldas era un tirador profesional. Mató a Arreaza-Bosch y a Yonatan Blanco antes de ser abatido por un disparo, milagroso, de Tomás Ruiz. A Adela Iturbide no le quedó más remedio que huir con la máscara y el dinero para protegerlos de Felipe Duran.

Ninguna de estas dos versiones de los hechos era satisfactoria para el Comisario Valladares. Augusto esperaba ansioso los informes del médico forense y del Cuerpo Científico de la policía. Su gente estaba peinando de arriba abajo la casona de Arreaza-Bosch ¿Cómo escribir un reportaje con todo esto? Muy pocos hechos concretos, demasiadas incógnitas. Bocanegra, Alex y yo decidimos que lo mejor era presentar un primer artículo conciso mencionando las personas envueltas en el tiroteo, la perdida de la máscara de Quetzalcóatl y la desaparición de 650 000 dólares. Nada más. Me puse a escribir el artículo, le di el producto final a Bocanegra, y me fui a casa a descansar. Alex se quedó en su escritorio surfeando la Internet en busca de información.

Esa noche dormí mal. Lo visto y oído durante el día dejó una impresión profunda en mi mente. Los hechos del caso daban vueltas en mi cabeza. Tuve una pesadilla extraña, escalofriante, que se repetía una y otra vez. Estaba en una habitación de paredes circulares toda pintada de blanco. A mi lado tenía parada a Adela Iturbide. Me miraba y miraba sin decir palabra. En el exterior, más allá de las paredes blancas, se oían el sonido del viento y gritos de dolor. Voces de hombres y mujeres se alternaban gimiendo. Inquieto yo me movía alrededor de la habitación y trataba de hablar con Adela Iturbide. ¿Dónde estamos? ¿Quién grita? Ella no me respondía. Sus ojos se movían siguiendo mis movimientos pero sus labios no se abrían. Finalmente, al oír alaridos, yo me sacudía y parecía despertar de la pesadilla. En realidad continuaba soñando, al rato volvía a caer en la misma pesadilla. Esta secuencia se repitió varias veces. Desperté al sentir un par de pequeñas manos sobre mi cara. Eran las siete de la mañana del día siguiente, mi esposa se preparaba para llevar a mi hijo al colegio, y el niño se estaba despidiendo de mí.

En el trayecto de mi casa al trabajo me detuve en un kiosco para leer los titulares de la prensa escrita. Mi artículo estaba en la primera página del Heraldo. Fotos en blanco y negro de Arreaza-Bosch y Adela Iturbide acompañaban al texto escrito. La Adelita lucia radiante. Alguien había jugado con los tonos y el contraste en la foto de Arreaza-Bosch dándole al viejo una apariencia algo siniestra. ¿La mano interventora de Bocanegra? Examiné los artículos en otros diarios. Todos pintaban una imagen negativa de Adela Iturbide. Habían tomado el camino fácil. La leyenda de una *femme fatale*, La Adelita, empezaba a nacer.

Al llegar al edificio del Heraldo encontré a Alex trabajando en su escritorio. Por voluntad propia había estado toda la noche recolectando información en las bases de datos accesibles en Internet. Su entusiasmo denotaba que éste era su primer caso de verdad fuera de la Escuela de Periodismo. Al verme sonrió. Procedió a mostrarme lo que tenía sobre Arreaza-Bosch. Se había ido a la Venezuela de la década de 1950. Encontró documentos relacionados con la Seguridad Nacional, la temible policía política del dictador Marcos Pérez Jiménez, que dejaban muy mal parado a nuestro magnate industrial.

En sus años mozos, Arreaza-Bosch fue mucho más que un simple soplón de la Seguridad Nacional, de hecho, participó en procesos de tortura, y llegó a ser amigo del director de la policía política, un tal

Pedro Estrada. A Arreaza-Bosch le gustaba mirar cómo eran torturados los opositores al régimen. Miembros de la Seguridad Nacional le pusieron el sobrenombre de "El Mirón." Él y Pedro Estrada aparecían juntos en fotografías de eventos públicos donde se inauguraban obras de infraestructura urbana construidas por el gobierno con el cemento producido en las fábricas de Arreaza-Bosh. Cuando Marcos Pérez Jiménez cayó, Pedro Estrada consiguió asilo político en Francia y un puesto como asesor de la Sûreté, la policía de seguridad francesa. Arreaza-Bosch consideró la posibilidad de irse a Francia, tenía una oferta concreta, pero al final decidió quedarse en el trópico.

Se vino a nuestro país y creó un precedente. Años después vendrían los colaboradores de las dictaduras de Anastasio Somoza, Jorge Videla y Augusto Pinochet. Hoy día estamos recibiendo a avispados y corruptos crecidos al amparo del socialismo del siglo veintiuno. Este país nuestro siempre tan acogedor de visitantes extranjeros que vienen con sacos de dinero.

Alex encontró muy poco de Adela Iturbide en Internet. Era un ser marginal dentro del mundo en que vivimos. Alex decidió enfocar su atención en la trata de blancas: La actividad criminal que trajo a Adela Iturbide al país. En las estadísticas de varias agencias de las Naciones Unidas, y otras organizaciones internacionales, el tráfico de personas era y es la tercera actividad criminal que más ganancias produce, superada solo por el tráfico de drogas y el de armas. Un negocio que mueve millones y millones de dólares.

Más del 80 % de las personas traficadas son mujeres. Existen lugares en Latino América donde la venta de una mujer produce más ganancias que la venta de marihuana o cocaína. Gentes de todos los estratos sociales, de ambos sexos, sin importar raza o edad, se dedican a obtener beneficios a través de la trata de blancas. Las redes de traficantes raptan mujeres jóvenes que son forzadas a ejercer la prostitución o son vendidas a coleccionistas privados como Arreaza-Bosch. El trauma psicológico causado por el abuso sexual hace que la víctima intente retirarse de la sociedad. Se vuelve dócil y pasiva, lo que facilita su manejo por los traficantes. De ese hueco, de alguna manera, dio salido Adela Iturbide y contraatacó.

Estaba analizando con Alex como incluir toda esta información en nuestro reportaje, cuando recibí una llamada telefónica del Comisario Valladares. La historia inventada por Tomás Ruiz se venía abajo. Las pruebas de un laboratorio de balística indicaban que Arreaza-Bosch había muerto de dos disparos provenientes del Colt 38 Special portado por Yonatan Blanco el día del tiroteo. 'Ruiz está cantando a lo grande' me comentó Augusto. Vi un gesto de alegría en la cara de Alex. Era hora de ir al Departamento de Policía en busca de los pormenores y la dinámica del caso.

La sala de entrada al Departamento de Policía era un bululu. ¡Lo de siempre! Gente explicando porque había matado, porque había robado, porque había fornicado con la mujer de su hermano, y para de contar. Al vernos entrar a Alex y a mí, un abogado joven, necesitado de trabajo, se acercó y nos ofreció sus servicios. Le dije que sólo veníamos de visita. Con Alex me fui directamente a la oficina del Comisario Valladares.

Augusto tenía unas ojeras enormes, pero estaba feliz. Había resuelto el caso. Le pedí detalles. Nos invitó a sentarnos en dos sillas localizadas cerca de su escritorio. En frente de nosotros, una vez sentados, colocó un legajo de unas cien fotografías caseras de tamaño postcard. Sus hombres las habían encontrado la noche anterior escondidas en un cuarto de la casona de Arreaza-Bosch. Al examinarlas Alex y yo saltamos. Mujeres y hombres desnudos o semi-desnudos en distintas poses, manteniendo relaciones sexuales, o participando en actos de sumisión corpórea.

Las fotografías habían sido tomadas por Arreaza-Bosch en sus orgias privadas. Augusto nos recomendó que viéramos la última decena de fotos en el legajo. En ellas aparecían Adela Iturbide, Yonatan Blanco y Tomás Ruiz. Adela Iturbide vestía unas bragas diminutas y chaquetilla de cuero negro, la indumentaria típica de una dominatrix. Yonatan Blanco y Tomás Ruiz estaban completamente desnudos. A veces aparecían atados de pies y manos yaciendo sobre una cama o sobre el suelo de una habitación. Un látigo, una macana, y un dildo. Sexo con dolor. Dos de las fotos mostraban close-ups del sufrimiento en los rostros de Yonatan Blanco y Tomás Ruiz. Aquello distaba de ser un juego. Al Mirón le encantaba ver como otros hombres perdían su masculinidad.

Juntando toda la evidencia que teníamos sobre el caso, intentamos reconstruir los hechos que precedieron al tiroteo en la casona de Arreaza-Bosch. Adela Iturbide odiaba al industrial del cemento. Eso lo sabía medio mundo. No estaba satisfecha en el papel de esclava-amante-secretaria y quería escapar del control de su captor. Arreaza-Bosch le había prometido hacerla heredera de parte de su inmensa fortuna. Pero ella no confiaba en él. Necesitaba dinero para huir y empezar una nueva vida. La operación para la compra de la máscara de Quetzalcóatl era una oportunidad única para obtener ese dinero.

¿En qué momento decidió Adela Iturbide dar el golpe? ¿Antes o después de conocer a Yonatan Blanco y Tomás Ruiz? Ese era un punto muy difícil de precisar. Para el Comisario Valladares existía un 'tercer hombre envuelto en el complot.' Sin él, el escape de la Adelita hubiera sido imposible. Ese 'tercer hombre' quizás ayudó a planear el golpe. En el complot la participación activa de Yonatan Blanco y Tomás Ruiz fue esencial.

Tomás Ruiz dio detalles a la policía de su relación con Adela Iturbide. En sus dos primeros encuentros, donde también estuvo presente Yonatan Blanco, no hubo sexo ni se habló de dinero. Solo dieron vueltas por la ciudad visitando bares. En el tercer encuentro, Adela Iturbide accedió a tener relaciones sexuales con los dos hombres en un motel en las afueras de la ciudad. 'Nada kinky … La mujer nos hizo volar sin complicarse mucho la vida' confesó Tomás Ruiz. Fue en ese encuentro donde se mencionó por primera vez la compra de la máscara azteca y los 650 000 dólares de pago. Era mucho dinero.

En sus asaltos a mano armada, Yonatan Blanco y Tomás Ruiz jamás habían levantado más de 10 000 dólares. En el golpe propuesto por Adela Iturbide le iba a tocar a cada uno un mínimo de 215 000 dólares más un tercio de lo que después se recolectara por la venta de la máscara. Eso sí, antes de dar el golpe, había que ganarse la confianza de Arreaza-Bosch, lo que requería una participación activa en sus orgias privadas y aceptar sus "juegos" de sumisión corpórea. Los dos galanes de calle pidieron tiempo para evaluar la oferta con calma. Al final la aceptaron. 'Adela nos lio de mala manera… No sabíamos en lo que nos estábamos metiendo' se quejó Tomás Ruiz durante el interrogatorio de la policía.

Eventualmente, Yonatan Blanco y Tomás Ruiz se ganaron la confianza de Arreaza-Bosch. Iban con él a todas partes. Los usó como guardaespaldas el día de la entrega de la máscara de Quetzalcóatl. Ambos se presentaron fuertemente armados. El plan de Adela Iturbide era simple. Tras el intercambio de la máscara y el dinero, tomar al vendedor Felipe Duran y a Arreaza-Bosch por sorpresa, desarmarlos, y dejarlos atados en una habitación de la casona que muy poca gente visitaba. Cuando lograran liberarse, Adela Iturbide y sus cómplices ya iban a estar lejos. Ni Arreaza-Bosch ni Felipe Duran podían acudir a la policía o armar revuelo. ¡Estaban jodidos! Era un crimen perfecto.

Pero el plan original de Adela Iturbide no funcionó. Según Tomás Ruiz: 'Yonatan la cagó.' El hombre se puso nervioso, actuó antes de tiempo. Arreaza-Bosch receló y sacó una pistola. Yonatan Blanco lo mató de dos tiros. Al guardaespaldas que traía Felipe Duran no le quedó más remedio que intervenir. De un balazo certero acabó con la vida de Yonatan Blanco y logró herir a Tomas Ruiz, antes de caer abatido por éste.

En medio del tiroteo Adela Iturbide no perdió el temple. Agarró la máscara, tomó el maletín con el dinero, y huyó. 'El tercer hombre envuelto en el complot la estaba esperando para ayudarla a escapar' reiteró el Comisario Valladares. 'Este cómplice, cuya identidad nos es completamente desconocida, probablemente la aguardaba al volante de un auto para huir de la escena del crimen.' El anonimato del 'tercer hombre' le daba a él y a Adela Iturbide una capacidad de maniobra enorme haciendo mucho más difícil la labor de búsqueda de la policía. Lo más probable es que Adela Iturbe estuviese bien escondida dentro o cerca de la ciudad. ¿Por qué arriesgarse e intentar cruzar uno de los puntos de control establecidos por la policía en las carreteras, puertos y aeródromos? Felipe Duran cometió ese error y fue apresado.

Satisfechos con la información obtenida, Alex y yo regresamos a las oficinas del Heraldo. Nos reunimos inmediatamente con Bocanegra. Cuidadosamente le dimos los detalles del caso. El viejo zorro nos oía y miraba el afiche de Citizen Kane que tiene colgado en una de las paredes de su oficina sin decir palabra. No se inmutó al escuchar las marrullerías de Arreaza-Bosch en el mundo de la política y la economía. Había oído y visto cosas peores. Tampoco se impresionó con el hecho de que Adela Iturbide fue raptada y posteriormente vendida en el mercado de la trata de blancas. ¡Esto es Latino América! Al final de la historia, cuando Alex mencionó la posible existencia de un tercer hombre en la trama, por fin abrió la boca. 'Si existe, ese tiene la hembra y tiene el dinero, no vamos a saber de él por mucho tiempo' vaticinó.

Procedimos a delinear la escritura de nuestro reportaje sobre el caso. Alex y yo éramos partidarios de atacar el tema lo antes posible. Golpear rápido y dejar bien claro lo sucedido. Bocanegra nos dijo que no debíamos apresurarnos: 'Bájense de esa nube señores, aterricen, menos emociones y más sentido práctico.' Era partidario de sacar el mayor provecho del caso. Sí, íbamos a escribir todo lo que habíamos descubierto, pero debíamos esperar a que la historia de Arreaza-Bosch y Adela Iturbide se 'calentara.' Cuando el público lector estuviese lleno de curiosidad, El Heraldo iba a ofrecer una serie de artículos con detalles desconocidos del caso. Periodismo al más alto nivel.

Y el caso se 'calentó.' Por varios días fue la noticia más importante en los medios de comunicación. La gente en la calle estaba pendiente del paradero de la bella mujer que había huido con 650 000 dólares y una antigua mascara azteca: La Adelita. Por una u otra razón nada se mencionó en los periódicos o en los noticieros de televisión y radio sobre el triste pasado de Arreaza-Bosch. Sus herederos, dos sobrinos y una sobrina, utilizaron los contactos que tenían. Echaron a correr la bola de que el hombre era un pilar de la sociedad que tenía la excentricidad de coleccionar objetos indígenas pre-colombinos para protegerlos y evitar que fueran dañados. ¡Sonaba bonito!

Adela Iturbide, por otro lado, era una secretaria ingrata que había traicionado la confianza depositada en ella. Una *femme fatale* que manipuló a dos rateros de calle para cometer un crimen horrible. Esta versión falseada de la realidad fue fácilmente aceptada por un gran número de personas. '¿Por qué?' me preguntó Alex perplejo. 'En esta sociedad toda mujer es culpable hasta que se pruebe lo contrario, el hombre es inocente' le respondí. Yo ya había observado un comportamiento similar de la masa en otros casos. Una mujer bonita que anda suelta sin control por el mundo es un tema que da vuelo a la imaginación de la gente y provoca mil conjeturas. ¿Qué hace? ¿Adónde va? ¿Por qué no la podemos controlar? Además, esta mujer se había llevado una cantidad enorme de dinero, el dinero que pertenecía a un hombre supuestamente respetable. ¡Transgresión total!

Un rapero notó la similitud del apodo dado a Adela Iturbide y el nombre de un viejo corrido nacido en la época de la Revolución Mexicana. Modificó la letra de la vieja canción y echó a rodar una nueva versión por la calle:

Mala perra … ¡The bitch!

Si Adelita se llevara mi dinero,
la seguiría por tierra y por mar.
Si por mar en un buque de guerra,
si por tierra en un camión militar.

Mala perra … ¡The bitch!

Adelita por Dios no me robes,
no me dejes sin blanca y
mirando a la mar.

No perrita … ¡The bitch!

La canción tuvo un éxito enorme. Capturó el sentir del pueblo. Hasta las mujeres cantaban alegres el rap de La Adelita. Bocanegra decidió que había llegado la hora de intervenir.

Escribimos un serial de tres artículos. El primero lo escribió Alex. En el contaba 'La Verdadera Historia de Adela Iturbide'. El muchacho se esmeró. Usó todo lo que había aprendido dentro de la escuela del periodismo social. Su artículo era al mismo tiempo una crónica, un ensayo de sociología, y un melodrama. Atacaba a una sociedad que permitía la trata de blancas y le volvió la espalda a Adela Iturbide. La edición del Heraldo con el artículo de Alex se vendió como el pan caliente. A muchos le gustó el artículo, a otros no, pero todos compraron el diario.

El segundo artículo decidimos enfocarlo en Nestor Arreaza-Bosch. Bocanegra me lo encargó. Era un texto delicado, tenía que presentar solo hechos bien establecidos, abortando cualquier posibilidad de una demanda judicial por parte de la familia de Arreaza-Bosch. Me salió una joya que Bocanegra y el departamento legal del periódico aprobaron sin ningún cambio. ¡Fue una bomba! Las oficinas centrales de las empresas de Arreaza-Bosch fueron apedreadas. Su familia optó por tomarse unas largas vacaciones en Europa y dejar que con el paso del tiempo todo volviera a la calma.

El público esperó entusiasmado la publicación del tercer artículo que concluía nuestro serial sobre el caso. La noche anterior al día pautado para la publicación del artículo, Bocanegra dio la orden de "aguantarlo." Muchos de los que compraron el periódico al día siguiente llamaron a nuestras oficinas preguntando porque no había sido publicado el artículo. Bocanegra ofreció una buena excusa: 'Lo estamos puliendo.' Bueno … Con la publicación del artículo final en el serial, El Heraldo alcanzó un volumen de venta nunca antes visto para un diario del país. En el tercer artículo, Alex y yo describimos en detalle lo ocurrido durante el tiroteo en la casona de Arreaza-Bosch y la compleja relación que existió entre las personas involucradas. No había santos, todos eran pecadores, unos más y otros menos. A la mayoría de los lectores le gustó el artículo.

Debo confesar que escribir el serial a mí me dio mucha satisfacción. Alex entró en el periodismo a lo grande y se ganó un puesto como reportero en El Heraldo. Con el serial/reportaje tuvimos la suerte de ganar dos premios internacionales de periodismo. Bocanegra tiene colgadas las dos placas en una de las paredes de su oficina y ríe cuando las ve.

Con el pasar del tiempo no se ha vuelto a saber nada más en concreto de Adela Iturbide, la máscara de Quetzalcóatl, y los 650 000 dólares de pago. De vez en cuando los tabloides sensacionalistas publican artículos donde se dice que La Adelita se ha casado, tiene dos hijos, y vive tranquila en una isla del Caribe. Un fuerte rumor sugiere que la máscara azteca ha ido a parar en las manos de un coleccionista de arte en Alemania. Se habla de un precio de compra de 450 000 euros. Tomás Ruiz fue juzgado por su participación en el golpe organizado por Adela Iturbide. Un famoso abogado lo defendió y jamás reveló de donde salió el dinero que pagó los costos de la defensa. El famoso abogado logró una condena de solo un año de cárcel para Tomás Ruiz. Después de todo, el hombre no tenía la máscara, no tenía el dinero de pago, y mató al guardaespaldas de Felipe Duran en autodefensa tras ser herido. Gracias a su buen comportamiento en la cárcel, Tomás Ruiz permaneció en prisión menos de la mitad de su condena. Nunca más lo he vuelto a ver. Me imagino que ya no recorre las calles de la ciudad tirándole piropos a las mujeres.

Un hecho curioso ocurrió a las dos semanas de haber publicado El Heraldo su serial sobre el caso. En las oficinas del periódico se presentó un mensajero con un paquete de tamaño mediano para Alex. El muchacho encontró en el interior del paquete una pulsera dorada en cuya parte superior había un ovalo con la letra "A" inscrita en el centro. Una nota acompañaba la pulsera: 'Gracias, Adela.' Pensamos que era una broma. Alex llevó la pulsera a un joyero para evaluarla. Estaba hecha en oro de 24 quilates. ¡Valía un dineral! Su "A" de Adela o Alex brillaba.

Inmediatamente nos fuimos a la central de la agencia que había entregado el paquete en El Heraldo. En la agencia nos dijeron que un hombre ordinario, sin señas particulares, había pagado por la entrega del paquete. No había dejado dirección de contacto. Alex tiene guardada la pulsera que recibió de regalo en su escritorio en la sala principal del periódico. Cuando alguien menciona el caso de La Adelita, saca la pulsera y sonríe. "A" de Adela y de Alex. Hay cosas que son impredecibles en la vida.

ACERCA DEL AUTOR

José Talleyrand Rodríguez nació en Caracas, Venezuela. Ha recibido títulos de posgrado de la Universidad Simón Bolívar, la Universidad de Indiana y SUNY Stony Brook realizando investigaciones en ciencias, literatura y estudios culturales. En los últimos años ha publicado tres novelas (*Sirena en Do Menor*; *Caballo Negro en Tierra de Gracia*; *Signos en la Cueva*) y cuatro libros de cuentos (*Amores, Canciones, Estrellas y Pistolas* ; *Crímenes y Herejías* ; *Texas 1917*; *La Vida Breve y Feliz de Felipe Narváez*). Es un amante del género noir y la literatura moderna latinoamericana al que le gusta examinar fenómenos asociados con la injusticia social. Actualmente vive en los Estados Unidos en algún lugar cerca de la ciudad de Nueva York.

Este libro es una antología de los primeros cuentos escritos por el autor. Ha sido publicado en ingles bajo el título: *A Readhead and a Rebel Poet*.

Para otra ficción del autor ver: **www.jtalleyrandrod.com**